»Trag immer ’ne saubere Unterhose«, »Pinkel nicht ins Becken«, »Iss dein Gemüse« – unausrottbar tauchen diese Ermahnungen in wirklich jedermanns Kindheit auf. Und so sicher, wie sich jedes Kind darüber ärgert, ist, dass es genau diese Sätze später wieder den eigenen Kindern auftischen wird. Doch was steckt hinter all diesen Elternsprüchen?
Unnachahmlich komisch und mit viel Lebensweisheit kommt Marc Gellman ihnen auf die Schliche. Ein wunderbar kluges und witziges Buch für alle, die Kinder sind, Kinder haben oder sich ans Kindsein erinnern können!

Marc Gellman ist Rabbiner in einer Synagoge namens Tempel Beth Torah auf Long Island, der viel Zeit damit verbringt, Menschen zu helfen. Er ist verheiratet und hat zwei Kinder, Max und Mara. Sie haben viele Fische und einen kleinen weißen Hund namens Willie. Marc Gellman ist ein großer Geschichtenerzähler. Er ist auch Doktor der Philosophie und unterrichtet am College, außerdem moderiert er eine Fernsehsendung.
Detlef Kersten studierte Grafikdesign an der Hochschule für Bildende Künste in Berlin und Erziehungswissenschaft an der Fernuniversität Berlin. Von 1975 bis 2000 war er als Grafiker, Redakteur und Artdirector in einem Verlag tätig und arbeitet seitdem freiberuflich als Autor, Illustrator und Cartoonist.

Unsere Adresse im Internet: www.fischer-tb.de

Marc Gellman

TRAG IMMER 'NE SAUBERE UNTERHOSE!

... und 31 weitere Möglichkeiten, wie deine Eltern dir sagen: »Ich hab dich lieb!«

Aus dem Amerikanischen
von Peter Schwertner

Mit Bildern von Detlef Kersten

Fischer Taschenbuch Verlag

Veröffentlicht im Fischer Taschenbuch Verlag,
einem Unternehmen der S. Fischer Verlag GmbH,
Frankfurt am Main, September 2003

Lizenzausgabe mit freundlicher Genehmigung
des moses. Verlages, Kempen
Die amerikanische Originalausgabe erschien 1997
unter dem Titel ›Always Wear Clean Underwear‹
im Verlag Morrow Junior Books,
einem Tochterunternehmen der William Morrow and Company Inc.
Die Rechte an der deutschen Übersetzung wurden verhandelt
mit der Sheldon Fogelman Agency, Inc.

Satz: Pinkuin Satz und Datentechnik, Berlin
Druck und Bindung: Clausen & Bosse, Leck
Printed in Germany
ISBN 3-596-15921-0

INHALT

EINIGES ÜBER DIE LISTE

Anlass für mich, dieses Buch zu schreiben, war eigentlich der scheußliche Bohneneintopf meiner Mutter. Mir wird jetzt noch schlecht, wenn ich bloß daran denke. Die sonst grünen Bohnen waren grau, schwammen in irgendeiner klebrigen Pampe und das Ganze war bedeckt mit ekligen Zwiebelringen, die beim Kauen zwischen den Zähnen knirschten. Ich habe diesen Eintopf wirklich von ganzem Herzen gehasst. Genauso ging es mir an den Dienstagen, denn an denen wurde er mir normalerweise vorgesetzt. »Iss dein Gemüse!«, sagte meine Mutter dann immer in einem Ton, der absolut jeden Widerspruch bereits im Keim erstickte. Und damit basta! Ich musste das Zeug hinunterwürgen oder den restlichen Abend am Tisch sitzen bleiben, bis es kalt war. Und noch schlimmer als Mamas Bohneneintopf war Mamas kalter Bohneneintopf.

Ich bin eigentlich ziemlich sicher, dass es dir auch schon mal so ergeht. Vielleicht musst du ja keinen klebrigen Bohneneintopf essen, aber bestimmt wird dir stattdessen zu Hause ein anderes widerliches Gemüse serviert: etwa Spinat mit matschigen Kartoffeln, die aussehen wie schon mal gegessen, oder Wirsingkohl mit einer komisch riechenden Soße, die einem sofort den Rest gibt. Zum Leben eines Kindes gehört es anscheinend, sich ständig mit Erwachsenen herumplagen zu müssen, die einen dazu zwingen, Gemüse zu vertilgen, das man nicht ausstehen kann.

Ich erinnere mich aber auch noch an viele andere Dinge, die mir meine Eltern immer wieder vorhielten, zum Beispiel: »Bring den Müll raus«, »Sag immer bitte und danke«, »Sprich nicht mit vollem Mund«, »Trag immer 'ne saubere Unterhose«, »Mach deine Hausaufgaben« und so weiter.
Das Erstaunliche an dieser geballten Ansammlung von Vorschriften ist, dass sie irgendwann offenbar jedem Kind einmal zu Ohren kommen. Es ist schon gespens-

tisch: Da existiert auf der Welt also eine Liste mit Vorschriften, die alle Eltern ihren Kindern seit allen Zeiten einhämmern. Aber niemand hat den Eltern jemals DIE LISTE zugeschickt. Sie bekommen sie auch nicht nach deiner Geburt vom Krankenhaus überreicht. Sie lesen nichts darüber in einem Buch, erfahren nichts im Radio und Fernsehen davon – und dennoch ist ihnen DIE LISTE bekannt. Deine Großeltern wussten schon davon und deine Enkel werden ebenfalls noch davon hören. DIE LISTE gilt bis in alle Ewigkeit!

Warum ich DIE LISTE niedergeschrieben habe, hängt damit zusammen, dass mir im Laufe der Zeit eines klar geworden ist: Mit all diesen Vorschriften wollten mir meine Eltern nur zeigen, dass sie mich gern haben. Damit

versuchten sie, einen einigermaßen anständigen Menschen mit ordentlichen Manieren aus mir zu machen.
Ich fand auch heraus, dass hinter all den Ermahnungen, mit denen deine Eltern dich piesacken, eine kleine und eine große Bedeutung steckt. Ich weiß, es will dir nicht so recht einleuchten, welche große Bedeutung sich hinter dem Essen von Gemüse oder dem Tragen von sauberer Unterwäsche verbergen soll, aber glaub mir, es gibt sie. Ist dir diese große Bedeutung erst einmal aufgegangen, hilft dir das im Leben ein ordentliches Stück weiter. Um einfach nur volljährig zu werden, reicht es, wenn man genügend zu essen und trinken bekommt – wirklich erwachsen wird aber nur der, der gelernt und kapiert hat, was auf DER LISTE steht.
Ich nehme in jedem Kapitel einen Punkt von DER LISTE unter die Lupe und versuche, dir seine kleine und seine große Bedeutung verständlich zu machen. Dabei geht es mir um Folgendes: Erstens möchte ich, dass du weder auf DIE LISTE noch auf deine Eltern sauer bist, wenn sie dir damit auf die Nerven gehen. Zweitens soll dir klar werden, dass es schwer, aber auch unumgänglich ist zu lernen, wie man ein einigermaßen passabler Mensch wird. Drittens musst du eines Tages womöglich deinen eigenen Kindern DIE LISTE erklären und könntest dann vielleicht ein wenig Unterstützung gebrauchen. Viertens gehört DIE LISTE zu den besten Möglichkeiten deiner Eltern, dir zu zeigen, dass sie dich lieb haben.
Nachdem ich dieses Buch beendet hatte, rief ich meine Mutter an und bedankte mich dafür, dass sie mich damals gezwungen hatte, den Bohneneintopf auszulöffeln, um mir ihre Zuneigung zu beweisen. Sie freute sich zwar darüber, war aber auch ein wenig erstaunt und fragte mich tatsächlich, ob ich denn jetzt das Rezept dafür ha-

ben wolle. Daraufhin gab ich dann ganz ehrlich zu, dass ich ihren Bohneneintopf in Wirklichkeit nie gemocht hatte. Da antwortete sie: »Hätte ich das gewusst, hätte ich dir stattdessen Erbsensuppe gekocht.« Ich brachte nicht den Mut auf zu gestehen, dass *ein* Essen noch grässlicher schmeckte als ihr Bohneneintopf – nämlich ihre Erbsensuppe!
Viel Vergnügen beim Lesen DER LISTE und alles Gute für die Zukunft!

Marc Gellman

TRAG IMMER 'NE SAUBERE UNTERHOSE!

Was haben deine Eltern eigentlich für ein Problem mit deiner Unterhose? Die geht doch wohl absolut niemanden etwas an und trotzdem halten dir deine Eltern ständig eine Predigt darüber, saubere Unterwäsche zu tragen. Was soll das eigentlich?

Wenn du deinen Eltern diese Frage stellst, werden sie dir zunächst wohl mit Antwort Nummer 1 ankommen: »In dreckiger Unterwäsche wimmelt es von Bakterien. Und du willst doch wohl nicht, dass die von dort auf deinen Körper überspringen!«

Erwiderst du ihnen darauf aber, dass du gut und gerne einen Monat lang dieselbe Unterhose tragen könntest, ehe sie so richtig dreckig ist, dann mach dich auf Antwort Nummer 2 gefasst. Die klingt so abgedreht, dass sich viele Kinder vor Lachen nicht mehr halten können, wenn sie sie zum ersten Mal hören – aber gerade deshalb hat sie es auch zu einiger Berühmtheit gebracht.

»Stell dir vor, du hättest einen Unfall auf dem Schulweg oder Heimweg und müsstest ins Krankenhaus gebracht werden! Und wenn dir die Ärzte die Hose ausziehen und sehen, dass du eine dreckige Unterhose trägst – was meinst du, was die dann von uns halten? Die glauben doch, wir wären Rabeneltern, weil wir dich so rumlaufen lassen!«

Wem wohl zum ersten Mal eine solche Antwort eingefallen ist? Keine Ahnung, aber sie ist bestimmt so uralt wie die meisten anderen Punkte auf DER LISTE. Ich jedenfalls habe noch nie gehört, dass jemand vom Tragen dreckiger Unterwäsche krank geworden wäre – vielleicht wenn man fremder Leute Dreckwäsche tragen würde, aber doch nicht von der eigenen. Und schon gar nicht habe ich je einen Arzt in der Notaufnahme sagen hören: »Wir würden dem Kind ja gerne helfen, können aber einfach nicht – weil es dreckige Unterwäsche trägt!«

Also muss es einen anderen, wirklich triftigen Grund geben, warum deine Eltern so großen Wert auf saubere Unterwäsche legen. Ich glaube, ich habe ihn herausgefunden. Dahinter steckt nämlich folgende große Bedeutung: *Was andere nicht von einem sehen, ist genauso wichtig wie das, was sie von einem sehen.*
Wir alle geben uns die meiste Mühe, nach außen hin ein gutes Bild abzugeben. Schwieriger ist es jedoch, innerlich genauso gut dazustehen.

Tut man zum Beispiel so, als wäre man mit jemandem befreundet, aber lästert in Gegenwart anderer über ihn, ist das etwa so, als würde man dreckige Unterwäsche tragen. Dasselbe gilt, wenn du auf deine eigene Klassenarbeit starrst, während der Lehrer dich anschaut, aber auf die deines Mitschülers spickst, sobald er dir den Rücken kehrt. Und das ist auch der Fall, wenn du lieb und nett zu deinen Geschwistern bist, solange deine Eltern in der Nähe sind, du aber deiner kleinen Schwester sofort eins auf den Deckel gibst, sobald ihr unter euch seid.

Zu den schwierigsten Dingen im Leben gehört es, im Grunde allzeit dieselbe Person zu bleiben, egal, ob man gerade am Boden zerstört oder himmelhoch jauchzend ist. Wer immer nur vorgibt, jemand zu sein, der er gar nicht ist, wer nie sagt, was er wirklich meint, wer nie tut, was er sagt – der wird auf Dauer unglücklich und andere werden sich von ihm fern halten, weil niemand mit jemandem befreundet sein will, bei dem nur die Fassade glänzt.

Natürlich ist niemand ganz ohne Fehler. Einer der Unterschiede zwischen ehrlichen Menschen und den anderen besteht allerdings darin, dass die Aufrichtigen nicht versuchen, ihre schlechten Seiten zu verstecken. Sie gestehen sich ihre Mängel ein und versuchen ernsthaft, sich zu bessern, um innerlich genauso gut dazustehen wie äußerlich. Wer das geschafft hat, dem vergeht übrigens automatisch auch die Lust daran, sich und andere zu belügen. Wer aufrichtig nett zu anderen ist und das nicht nur schauspielert, dem wird es auch ein Leichtes sein, wahre Freunde zu finden.
Und noch etwas: Im Grunde ist es gar nicht so übel, wenn man eine saubere Unterhose trägt. Hast du dich erst einmal an das Gefühl von weicher, flauschiger und frisch gereinigter Unterwäsche auf deiner Haut gewöhnt, wirst du nicht mehr im Wäschekorb herumstöbern und nach der ausgeleierten, schäbigen Unterhose suchen, die seit letzter Woche dort drin liegt!

PINKEL NICHT INS BECKEN!

Du musst nicht unbedingt wissen, wie alles Mögliche funktioniert – Hauptsache, du weißt, wie du selbst funktionierst. Wenn du zum Beispiel ein Würstchen gegessen und Cola getrunken hast und direkt danach schwimmen gehst, passiert mit dir Folgendes: Dein Körper schickt deinem Gehirn eine Nachricht und die lautet: *Sofort pinkeln!*

Dein Körper schert sich nicht darum, ob du im Moment lieber schwimmen willst; den kümmert es nicht, ob die Toilette weit weg ist; dem ist egal, ob du auf dem Weg dorthin eine Gänsehaut kriegst. Für deinen Körper zählt nur eins und zwar das Pinkeln! Also musst du auf der Stelle entscheiden, ob du dich aus dem Becken

schwingst, dich abtrocknest, zur Toilette gehst und dort dem Befehl deines Körpers gehorchst oder ob du einfach ins Becken pinkelst.
Dir fällt ein, dass deine Eltern dir eingetrichtert haben: »Pinkel nicht ins Becken!« Vielleicht haben sie ja sogar noch hinzugefügt: »Kein Mensch schwimmt gerne in einem Klo!« Und jetzt stehst du hier im Becken und musst entscheiden, ob du auf deine Eltern hören sollst oder nicht. Und dir bleibt nicht viel Zeit zum Überlegen!
Der Entschluss fällt dir deshalb so schwer, weil es niemand bemerken würde, wenn du ins Becken pinkelst. Keine Sirene schrillt und kein Signal meldet: »Pipi-Alarm! Jemand hat gerade ins Becken gepinkelt!« Es rückt auch keine Pipi-Polizei an, die nach gelben Spuren im Wasser fahndet.

Das Pinkeln in Schwimmbecken gehört zu jenen Ferkeleien, die man sich erlauben kann, ohne jemals erwischt zu werden. Raubst du eine Bank aus, wirst du wahrscheinlich geschnappt, stiehlst du ein Auto, wirst du vermutlich gefasst; versteckst du einen Elefanten in deinem Zimmer, bleibt das wohl auch nicht lange verborgen. Pinkelst du aber in ein Becken, kriegt das niemand mit – und damit kommen wir zum tieferen Sinn der Worte »Pinkel nicht ins Schwimmbecken!«. Sie meinen nämlich: *Tu auch dann nichts Schlechtes, wenn dir niemand auf die Schliche kommen würde.*

Das Leben wird dir viele Gelegenheiten bieten, in irgendein Becken zu pinkeln. Du wirst oft genug in die Lage geraten, etwas Unanständiges zu tun, ohne dabei erwischt zu werden.

Womöglich kommt es nie heraus, wenn du dein Kaugummi unter einen Stuhl klebst, eine Katze am Schwanz ziehst, deinen Namen irgendwo hinkritzelst oder beim Spielen ein wenig schummelst. Aber all das tut man halt nicht – ganz unabhängig davon, ob man dabei erwischt werden könnte.

Wird man bei etwas Unanständigem ertappt, kann man zwar daraus lernen, es in Zukunft besser zu machen; viel

klüger ist jedoch, man lässt es gar nicht erst darauf ankommen. Lass es besser gleich bleiben – allerdings nicht aus Panik, dabei erwischt zu werden, sondern weil es einfach nicht in Ordnung ist. Genauso sollte man gute Taten nur deshalb tun, weil sie richtig sind und nicht, weil man auf die Belohnung schielt.
Da es nun mal keine Pipi-Polizei gibt, die einschreitet, wenn jemand ins Schwimmbecken pinkelt, müssen wir uns das halt freiwillig verkneifen. Dasselbe gilt auch für all die anderen kleinen Gemeinheiten, die wir uns nur deshalb herausnehmen, weil wir dabei ungestraft davonkommen. Wenn du dir also das nächste Mal ein Würstchen und eine Cola genehmigst, denk daran, zuerst die Toilette und danach das Schwimmbecken anzusteuern. Du siehst, es liegt auch an dir selbst, ob die Welt ein klein wenig schöner wird – und nicht noch gelber.

ISS DEIN GEMÜSE!

Eines der ungelösten Rätsel des Lebens ist, warum all das Zeug, das so teuflisch gut schmeckt, schlecht für einen ist, und warum die Sachen, die so wahnsinnig gesund sind, so schmecken, dass man sie kaum herunterbekommt. Aber so ist es leider nun mal – und genau deshalb gibt es bei dir zu Hause regelmäßig Probleme, sobald es ums Essen geht.

Ich wette, deine Eltern haben dir nie damit gedroht: »Iss gefälligst dein Erdbeereis mit Schlagsahne!« oder »Du darfst nicht fernsehen!« Ich gehe auch mal davon aus, dass sie dich nie ermahnt haben: »Wenn du deinen Hamburger nicht isst, kriegst du nie mehr Erbsensuppe!«

Aber ich nehme stark an, dass sie dir zigmal mit Nachdruck gesagt haben: »Iss dein Gemüse!«
Wahrscheinlich werden sie dich mit diesem Satz so lange schikanieren, bis du ausziehst und in deinen eigenen vier Wänden wohnst. Dann kannst du, wenn du willst, Pudding zum Frühstück, Pommes zum Mittag und abends pfundweise Gummibärchen in dich reinstopfen.

Warum dich deine Eltern quälen, Gemüse zu essen, hängt damit zusammen, dass in dem Grünzeug so unheimlich wertvolle, gesunde Stoffe enthalten sind. Eben das ist die kleine Bedeutung dieses Punktes auf DER LISTE. Gemüse ist frei von Fett, enthält weder Zucker oder Salz noch irgendwelche künstlichen Farbstoffe. Dagegen steckt es randvoll mit Unmengen von Vitaminen, die deinen Körper gegen Krankheiten schützen. Von Gemüse wirst du fit und kräftig und es hilft dir, ein langes, gesundes Leben zu führen. Aber leider gibt es unter all dem Grünzeug nun mal keins, das annähernd so gut schmeckt wie Schokoladenpudding mit Vanillesoße. Damit musst du dich wohl oder übel abfinden!

Wenn deine Eltern dich damit nerven, Gemüse zu essen, hat das in Wirklichkeit nur diese eine große Bedeutung: *Was du willst, ist nicht immer das, was du auch tatsächlich brauchst.* Und Gemüse ist eben etwas, das du brauchst, auch wenn du es nicht willst.

Während deiner Jugend wirst du noch oft ähnliche Entscheidungen wie die Wahl zwischen Schokolade und Sellerie treffen müssen. Du wirst häufig wählen müssen zwischen dem, was nötig für dich ist, dir aber nicht besonders zusagt, und zwischen dem, was du gerne möchtest, aber eigentlich nicht brauchst. Du weißt ja, wie das läuft: Manchmal willst du lieber fernsehen, musst aber lesen; du würdest dich lieber mit einem Computerspiel vergnügen, musst aber draußen spielen; dich juckt es, über jemanden zu tratschen, musst aber klugerweise den Mund halten; du würdest gerne dein Geld auf den Kopf hauen, musst aber sparen – und du bist ganz wild darauf, Kartoffelchips zu knabbern, musst dich aber ans Gemüse halten!

Aber wir wollen nicht allzu schwarz malen. Gemüse muss nicht zwangsläufig fad sein, sondern kann auch

köstlich schmecken. Es gibt eine ganze Menge Leute, die bei dir hoch im Kurs stehen, von denen du aber gar nicht weißt, dass sie sich ausschließlich von gesunder und leckerer Pflanzenkost ernähren. Stell dir nur einmal vor, du stehst vor einem Teller Gemüse, hast schon richtig Appetit darauf und sagst dir voller Stolz: »Was ich brauche, ist genau dasselbe wie das, was ich will!«
Und wie heißt es so schön in einem Song der Rolling Stones? »Du kannst nicht immer kriegen, was du willst, aber wenn du dich wirklich anstrengst, kriegst du zumindest das, was du brauchst.« Dem ist nichts hinzuzufügen!

BRING DEN MÜLL RAUS!

Müll bleibt immer übrig, das kann man drehen und wenden, wie man will. Man kann zwar Müll trennen, damit er teilweise wiederverwertet wird, aber man kann nicht vermeiden, dass er überhaupt entsteht. Alle Menschen erzeugen Müll und deshalb gehört er notgedrungen zum Leben. Wer also verhindern will, dass er in seiner Wohnung eines Tages bis zum Hals im Müll steckt, muss ihn eben gelegentlich mal rausbringen und vors Haus stellen, wo ihn die Müllabfuhr abholen kann.
In vielen Familien ist es Sache der Kinder, den Müll rauszutragen. Das hat durchaus Hand und Fuß, denn schließ-

lich bist ja nicht du es, der das Essen einkauft, es kocht oder beim China-Restaurant anruft und es bestellt. Demnach ist es nur recht und billig, wenn du die Ärmel hochkrempelst, den Abfall packst und ihn auf die Straße trägst, damit ihn die Müllabfuhr abtransportieren kann. Machen wir uns nichts vor, meist ist es doch wirklich nur eine Kleinigkeit, den Müll wegzuschaffen.

Aber ab und zu passiert es, dass du den Müll die Treppe runterschleppst – und auf einmal kippt entweder der Eimer um oder der Beutel zerreißt und dann hast du den Salat: Du stehst knöcheltief in einem stinkenden Haufen aus Hühnerknochen, Sardinenbüchsen, alten Nudeln und hast dich vielleicht auch noch mit dem restlichen Bohneneintopf bekleckert, den du gestern heimlich in den Müll geschüttet hast, als deine Mutter gerade nicht hinsah. Jetzt ist es also an dir, die Drecksarbeit zu machen und den ganzen Mist wieder einzusammeln und zurück in den Eimer oder Beutel zu stopfen. In derart grauenhaften Momenten solltest du dich an die große Bedeutung erinnern, die hinter den Worten »Bring den Müll raus!« steckt: *Du darfst dich auch nicht von schwerer und schmutziger Arbeit abschrecken lassen.*

Nicht jeder wichtige Job ist einfach oder sauber. Reißen während eines Sturms die Stromleitungen, muss jemand bei Wind und Wetter den Mast hinaufklettern, um sie zu reparieren. Geht ein Abflussrohr kaputt, muss jemand den stinkenden Kanal hinunterkriechen, um es zu dichten. Ist eine Zirkusparade durch die Stadt gezogen, muss anschließend jemand gründlich die Straßen reinigen, um die Hinterlassenschaften der Elefanten zu beseitigen. Und nachdem du die Hühnerknochen und den anderen Kram wieder in den Mülleimer gestopft hast, muss immer noch jemand dafür sorgen, dass alles in den Müllwagen geleert, auf die Müllhalde gefahren, auf die übrigen Haufen gekippt und mit genügend Erde zugeschaufelt wird, damit nicht die ganze Stadt danach stinkt.
Deine Eltern wollen dir auch klar machen, dass nicht alle Arbeiten, die in einer Familie anfallen, reines Zucker-

schlecken sind. Wenn du als Baby oft mitten in der Nacht geschrien hast, weil du deinen Schnuller wolltest, oder wenn du dich im Auto übergeben hast und man es danach reinigen musste oder wenn unverzüglich deine Windeln gewechselt werden mussten – dann haben deine Eltern all diese weniger lustigen Arbeiten erledigt, und zwar, weil sie dich lieben. Und wenn du das jetzt ein kleines bisschen wettmachst, indem du den Müll rausträgst, wird dir kein Zacken aus der Krone brechen.

Es gibt jede Menge schwerer, schmutziger Arbeiten, die du vielleicht nie in deinem Leben verrichten musst. Deshalb gibt es noch einen Grund, warum deine Eltern von dir verlangen, den Müll rauszubringen: Du sollst nämlich früh genug lernen, all die Männer und Frauen zu respektieren, die sich tagtäglich mit solcher Arbeit herumplagen müssen. Diese Arbeit aber ist genauso wichtig wie leichte, saubere Arbeit, vielleicht sogar noch wichtiger. Hast du erst mal selbst einen Job, ist die Chance groß, dass dein Chef dir am Anfang die härtesten, langweiligsten und dreckigsten Arbeiten aufhalst. Viele Chefs haben auch klein angefangen und vertreten deshalb die Meinung, dass andere dieselbe Erfahrung machen sollten.

Halten wir also zwei Dinge fest. Erstens: Der Müll muss hinausgebracht werden. Zweitens: Oft wirst du damit an der Reihe sein. Und dann und wann reißt eben auch mal der blöde Beutel. Doch wenn du Glück hast, geht alles gut, und du kommst so sauber zurück, wie du rausgegangen bist. Und, wer weiß, vielleicht gibt es ja auch solche Augenblicke, in denen du allein draußen am Bordstein stehst, hinauf zum Mond und den Sternen schaust und die Nachtluft vom Duft der Frühlingsblüten erfüllt ist. Vielleicht wirst du dann tief einatmen, alles auskosten und denken: »Wie schön, dass es den Müll gibt und ich ihn raustragen durfte. Sonst hätte ich nie all das Herrliche genießen können.«

Nein, machen wir uns nichts vor. So schön wird das Müllraustragen nie werden.

SCHAU NACH LINKS UND RECHTS, WENN DU ÜBER DIE STRASSE GEHST!

Wenn deine Eltern dir einbläuen, dich gründlich umzuschauen, ehe du die Straße überquerst, sorgen sie sich in erster Linie um deine Sicherheit. Dasselbe gilt für: Leck nicht den Boden ab, benutz keine fremden Zahnbürsten, spring nicht herum wie ein Wilder, fass nichts an und spiel mit nichts, das scharf, heiß, zerbrochen, blutig oder tot ist. Hältst du dich an all das, hast du bereits einige der größten Gefahren vermieden. Deine Eltern sagen dir das also, weil sie ganz einfach Angst um dich haben. Als du noch ganz klein warst, waren sie es, die für deine Sicherheit sorgten, indem sie dich nicht aus den Augen ließen und immer in deiner Nähe blieben. Jetzt, da du älter und selbständiger geworden bist, können sie das natürlich nicht mehr, und deshalb müssen sie dir beibringen, dass du auf dich selbst aufpasst.
Die Warnung »Schau nach links und rechts, wenn du über die Straße gehst!« enthält allerdings noch einen tieferen Sinn. Sie soll dir sagen: *Stürz dich nicht blindlings und unüberlegt in etwas hinein.* Das heißt zum Beispiel, dass du nicht ins Wasser springen sollst, wenn du nicht

weißt, wie tief es ist. Damit ist auch gemeint, dass du nicht mit jemandem, den du gar nicht kennst, irgendwohin gehen darfst. Es bedeutet, dass du dir grundsätzlich Gedanken über etwas machen solltest, bevor du es tust.

Du musst beide Seiten einer Sache betrachten. Bevor du zum Beispiel deine Eltern darum bittest, dir einen Hund zu kaufen, solltest du dir von vornherein klar machen, welche Arbeit damit auf dich zukommen würde. Hast du dann das Für und Wider gegeneinander abgewogen, gibst du dich vielleicht doch eher mit einem Goldfisch zufrieden.

Mit dem Betrachten der Dinge von beiden Seiten kann man es allerdings auch übertreiben. Manche Leute überlegen so lange hin und her, bis sie schließlich überhaupt nichts mehr tun. Die schauen vor dem Überqueren der Straße so oft nach rechts und links, bis sie sich gar nicht mehr auf die andere Seite trauen. Deine Eltern müssen also das Kunststück fertig bringen, dir einerseits gerade so viel Angst zu machen, dass du im Leben genügend Vorsicht an den Tag legst, aber dir andererseits nicht einen solchen Schrecken einzujagen, dass du dich nicht einmal mehr aus deinem Zimmer wagst.

Es reicht also, wenn du aufpasst, bevor du über die Fahrbahn gehst, und kommen gerade keine Autos, kannst du das auch unbesorgt tun. Auf der anderen Seite der Straße geht die Welt schließlich weiter und wenn du nur ein klein wenig vorsichtig bist, wirst du sie auch kennen lernen.

NIMM DIE SCHUHE VOM SOFA!

Vermutlich hast du dir nie großartig den Kopf darüber zerbrochen, wie es unter deinen Schuhsohlen aussieht, geschweige denn einen Blick darauf geworfen. Wahrscheinlich kleben dort Kaugummireste, zertretene Ameisen, verfaulte Blätter, winzige Steine, vielleicht etwas Hundekot und irgendwelches Zeug, von dem kein Mensch weiß, was es ist. Würdest du deine Schuhsohlen unter dem Mikroskop betrachten, käme dir vielleicht das Essen von gestern hoch, so viele Bakterien und kleine Tiere krabbeln dort herum.

Jetzt begreifst du wohl auch, warum es keine sehr glückliche Idee ist, mit den Schuhen auf dem Sofa herumzulümmeln, denn du würdest den ganzen Dreck darauf verschmieren. Die wenigsten Leute aber sind scharf darauf, auf Hundekot zu sitzen, und haben außerdem nicht viel Lust dazu, das Wohnzimmersofa von diesen Schweinereien reinigen zu müssen. Lässt du deine Füße aber auf

dem Boden, wo sie hingehören, machst du nichts dreckig. Das ist die kleine Bedeutung von »Nimm die Schuhe vom Sofa!«
Der große Sinn dieser Vorschrift besteht aber darin, dass du, wenn du ihn befolgst, ein wichtiges Wort lernen kannst: *Respekt!* Bleibst du mit deinen Tretern dem Sofa fern, erweist du damit deinen Eltern gegenüber Respekt. Schließlich waren sie es ja, die dafür gearbeitet haben, um sich das Sofa kaufen zu können, und sie sind es auch, die es sauber machen müssen. Hältst du dich an die Mahnung, zeigst du, dass du diejenigen achtest, die sowohl deine Schuhe als auch das Sofa gekauft haben und bereit sind, es mit dir zu teilen (das Sofa natürlich, nicht die Schuhe!).

Wusstest du, dass es in Japan Tradition ist, vor dem Betreten eines Hauses die Schuhe auszuziehen? Auch Moslems lassen ihre Schuhe vor der Türe stehen, ehe sie in eine Moschee gehen. Mit dem Schuheausziehen zeigt man Respekt vor dem Ort, den man betritt.

Und den kann man von dir auch verlangen – zumindest gegenüber dem Sofa. Übrigens kannst du noch etwas lernen: Es gibt Orte, denen man, egal ob mit oder ohne Schuhe, nie zu nahe kommen sollte.

SPRICH NICHT MIT VOLLEM MUND!

Es gibt Dinge, die man nicht tun sollte, weil sie von Grund auf schlecht sind, und es gibt Dinge, die man lassen sollte, weil sie einfach unanständig sind. Zu den ersten gehören Stehlen und Morden, andere schlagen und verletzen, zu den zweiten zählen zum Beispiel In-der-Nase-Bohren, Spucken und Fluchen. Mit vollem Mund zu reden gehört mit Sicherheit zu den besonders schlechten Angewohnheiten – und deshalb wird diese Mahnung deiner Eltern, das gefälligst zu unterlassen, eine der ersten sein, die sie dir gegenüber ausgesprochen haben.
Sämtliche Ungehörigkeiten haben eines miteinander gemein: Daran stören sich immer nur die anderen; einem selbst machen sie dagegen nichts aus. Weil du also gar nicht weißt, wie dämlich man aussieht, wenn man mit vollem Mund spricht, solltest du dich vor den Spiegel stellen und dich dabei betrachten. Dann bekommst du

eine Ahnung davon, welches Bild du deiner Umgebung zumutest. Es gibt nun aber wirklich nichts, das derart wichtig ist, dass man es ausgerechnet dann von sich geben muss, wenn der Mund randvoll mit Kartoffeln und Erbsen steckt. Nebenbei: Spricht man mit vollem Mund, kann es durchaus passieren, dass deinem Gegenüber ein paar Essensreste ins Gesicht fliegen – was besonders dann peinlich ist, wenn du ursprünglich vorhattest, ihn oder sie um einen Gefallen anzuhauen.

Behaupten deine Eltern, dass jemand, der mit vollem Mund spricht, keine guten Manieren besitze, wirst du vielleicht entgegnen: »Und wenn schon! Wen interessieren schon gute Manieren? Davon hab ich doch nichts!« Ganz so einfach darfst du es dir aber nicht machen. Anständiges Benehmen gehört zum guten Zusammenleben zwischen Menschen und hält sie davon ab, sich widerwärtig und rücksichtslos aufzuführen. Aber vor allem kommt es auf den großen Sinn dieser Ermahnung an: *Du musst lernen, eins nach dem anderen zu tun.*

Niemand schafft es, mehreres gleichzeitig und dann auch noch gleich gut zu tun. Du kannst nicht deine Hausaufgaben machen und nebenher fernsehen, weil du zwischen der Glotze und deinen Büchern hin- und hergerissen wärst und dich nicht auf deine Arbeit konzentrieren könntest. Es empfiehlt sich auch nicht, Fahrrad zu fahren und dabei der Musik aus dem Walkman zu lauschen, weil du nicht mitbekommen würdest, wenn jemand dir zuruft:
»Vorsicht! Auto hinter dir!«

Eine Sache richtig zu machen ist schon schwierig genug. Mehreres zur selben Zeit zu machen ist fast unmöglich. Also, lass es etwas langsamer angehen, tu nichts hastig und überstürzt. Iss, kaue, schlucke – und sprich dann erst. Du wirst überrascht sein, wie viele Leute dann weit eher bereit sind, dir zuzuhören.

DAS GELD WÄCHST NICHT AUF DEN BÄUMEN!

Hast du eigentlich wirklich Ahnung davon, wie viel alles so kostet?
Klar, du liest die Preisschilder auf den Waren, doch diese Zahlen geben nicht den wirklichen Preis an, den man dafür hinblättern muss. Wie hoch der wahre Wert von etwas ist, hängt davon ab, wie schwer man dafür arbeiten muss, um es sich leisten zu können. Bittest du also deine Eltern um ein neues Fahrrad, CDs oder Turnschuhe, solltest du eine Vorstellung davon haben, was all das

wirklich kostet. Für das Fahrrad muss sich dein Vater wahrscheinlich einige Tage lang abrackern, für die CDs muss deine Mutter womöglich mehrere Überstunden einlegen, und wegen der Turnschuhe müssen deine Eltern vermutlich zwei Wochen daheim essen, anstatt ins Restaurant gehen zu können. Du siehst, Dinge kosten nicht einfach nur Geld; sie kosten den Einsatz, den man aufbringen muss, um das Geld zu verdienen.

Kommst du nun zu deinen Eltern und bittest sie, dir dies und jenes zu kaufen, wirst du immer wieder mal den etwas sonderbar klingenden Spruch hören: »Geld wächst nicht auf den Bäumen.« Beim ersten Mal wird dir das komisch vorkommen und vielleicht hältst du deine Eltern für ein wenig behämmert, weil sie dir etwas unter die Nase reiben, was sich von selbst versteht und auch dem Dümmsten klar ist. In Wahrheit meinen sie damit jedoch, dass du nicht glauben sollst, Geld zu verdienen sei ebenso leicht wie Äpfel von einem Baum zu pflücken. Sie wollen dir damit beibringen, den Wert des Geldes richtig einzuschätzen.

Es ist nicht der Fehler der Kinder, wenn sie keinen Schimmer haben, wie viel alles kostet. Ganz kleine Kinder denken sowieso, alles sei umsonst oder man müsse nur zum nächsten Geldautomaten gehen und dort so viel rausholen, wie man will. Aber auch die Werbung trägt dazu bei, dass Kinder wenig über Preise Bescheid wissen. Du siehst jede Menge Werbesendungen im Fernsehen, die dich anstacheln sollen, zu deinen Eltern zu gehen und sie zu bitten, dir Süßigkeiten, Spielzeug oder sonst was zu kaufen. Diese Sendungen verraten dir aber nicht, wie viel Geld man dafür hinlegen muss. Lass dich also nicht für dumm verkaufen: Nur weil für etwas im Fernsehen geworben wird, wird es dadurch nicht wertvoller.

Die große Bedeutung von »Geld wächst nicht auf den Bäumen« ist: *Du musst erkennen, was die Dinge wirklich wert sind*. Die meisten Leute, die ordentlich Asche verdienen, müssen hart dafür schuften. Und die meisten Leute, die du bewunderst, weil sie sich so viel leisten können, haben sich viele Jahre schwer reinknien müssen, ehe sie sich diesen Luxus genehmigen konnten. Denen wurde nichts geschenkt.

Sobald du begriffen hast, was die Dinge wirklich wert sind, wirst du auch beurteilen können, ob du den verlangten Preis wirklich berappen willst. So geht es mit allem im Leben. Angenommen, du möchtest zu einem bestimmten Freundeskreis gehören. Würde das aber bedeuten, dass du dann Drogen nehmen musst, weil die anderen das auch tun, dürfte dieser Preis zu hoch sein.

Gesetzt den Fall, du willst gerne ein Ass im Turnen, Eiskunstlaufen oder Tennis werden. Würde das dann aber heißen, dass du jeden Morgen noch vor der Schule aus den Federn musst, um zu trainieren, mag dir dieser Preis vielleicht doch zu hoch erscheinen. Manche Erwachsene haben sich übrigens dazu durchgerungen, lieber weniger Geld zu verdienen, dafür aber mehr Zeit mit ihrer Familie zu verbringen. Der Preis, auf die zu verzichten, die ihnen am nächsten stehen, ist ihnen nämlich zu hoch.
Es gibt Menschen, die finden, dass man Geld zwar zum Leben braucht, aber dass die besten und schönsten Dinge ohnehin nichts kosten, ja gar nicht käuflich sind. Liebe, Freundschaft, Lachen, Denken, Träumen – all das ist gratis. Und dann gibt es Menschen, die sagen, was nichts kostet, taugt auch nichts. Geld ist das Einzige, auf das es wirklich ankommt. Welcher Meinung bist du?

TEIL DEIN SPIELZEUG MIT ANDEREN!

Denk mal an all die Sachen, die dir ans Herz gewachsen sind. Zum Beispiel an deinen uralten Teddybären, der längst schon kahle Stellen hat, den du aber niemals hergeben würdest. Oder an die Halskette, die dir Oma früher mal geschenkt hat und die du noch immer trägst. Oder denk an dein Lieblings-T-Shirt mit dem irren Aufdruck, an deine Lieblings-Hits, an denen du dich nicht satt hören kannst, oder an dein Taschenmesser mit den vielen Werkzeugen.

Es ist schön, Dinge zu besitzen, von denen man sich nie trennen möchte.
Und jetzt denk mal an all die Menschen, die dir am Herzen liegen: deine Mutter und dein Vater, deine Oma und dein Opa, deine Brüder und Schwestern, deine Onkel und Tanten, Vettern und Cousinen. Denk an deinen besten Freund, der immer für dich da ist, denk an die Nachbarn, die dir immer ein Lächeln schenken, oder an die alte Verkäuferin in der Bäckerei, die dir immer einen Keks extra gibt. Es ist schön, Menschen zu kennen, die man gern hat.
Aber jetzt denk über die Frage nach: Was ist dir lieber? All diese Sachen oder all diese Menschen? Wahrscheinlich Letzteres, denn Menschen können deine Gefühle erwidern, Sachen dagegen nicht. Sogar dein Teddybär, der dich immer so treuherzig anschaut, ist lediglich ein ausgestopftes Stück Stoff. Eine der wichtigsten Lektionen, die alle klugen Menschen bereits in ihrer Kindheit lernen, ist diese: Menschen sind wertvoller als Sachen. Sachen allein machen einen nicht glücklich. Außerdem muss man sie auch immer wieder reparieren, irgendwo unterbringen, vielleicht sogar versichern – und wenn sie einmal kaputtgegangen sind, durch neue ersetzen.
Ganz ohne irgendwelche Sachen kommt man natürlich nicht aus, das ist keine Frage. Du brauchst eine Wohnung, Nahrung, Kleider und wahrscheinlich auch einen Kassettenrecorder. Manche Leute besitzen aber bereits unendlich viele Dinge und wollen trotzdem immer noch mehr. Und damit beginnen sie, sich lächerlich zu machen. Im Gegensatz dazu gibt es aber auch Menschen, die zwar genügend Geld haben, sich vieles Schöne kaufen zu können, dennoch darauf verzichten und sogar manches davon weggeben, weil sie ihre Zeit lieber mit Leuten ver-

bringen, die sie mögen, anstatt sich mit dem Zeug abzugeben, das sie besitzen.
Wenn deine Eltern dich nun ermuntern, dein Spielzeug mit anderen zu teilen, wollen sie dich lehren, *dass Menschen eben wichtiger sind als Sachen*. Es ist doch eigentlich auch ganz einfach: Soll das Spielen wirklich Spaß machen, brauchst du jemanden, der mitspielt. Hast du aber keine Lust, andere mitmachen zu lassen, will sowieso niemand mit dir spielen. Dann bleibst du eben einsam und allein auf deinem Berg Spielsachen sitzen. So geht es auch manchen Erwachsenen, die alles ganz für sich allein haben wollen, ohne sich aber richtig darüber freuen zu können. Die haben schon als Kinder nie gelernt, ihr Spielzeug mit anderen zu teilen.

Teilst du zum ersten Mal in deinem Leben etwas mit anderen, wirst du bald spüren, wie gut man sich dabei fühlt – und wie dumm es eigentlich ist, selbstsüchtig zu sein. Teilen ist leicht, wenn man daran gewöhnt ist, aber verdammt schwer, wenn man nicht schon als Kind damit angefangen hat. Darum ist es ja so sinnvoll, früh genug damit zu beginnen und für das restliche Leben daraus zu lernen. Es macht einfach Spaß, sein Wissen und seine Zeit zu teilen; es ist richtig, sein Geld und sein Essen zu teilen; es ist gut, seine Zuneigung und sein Vertrauen zu teilen – und alles fängt mit dem Teilen von Spielsachen an. Wenn du das kapiert hast, geht alles andere wie von selbst.

BIND DIR DEINE SCHUHE ZU!

Es gibt zwei Möglichkeiten, etwas zu Ende zu bringen, womit man begonnen hat. Man kann es richtig beenden oder man kann es so gut wie beenden. Du kennst dich damit ja aus. Wenn du dich anziehst, aber deine Schuhe nicht richtig zuschnürst und dein Hemd nicht in die Hose stopfst, dann bist du eben nur so gut wie angezogen. Richtig bekleidet bist du erst, wenn dein Hemd in der Hose steckt, deine Schuhe zugebunden sowie sämtliche Knöpfe und Reißverschlüsse versorgt sind.
Genauso verhält es sich mit deinem Zimmer. Das kann so gut wie aufgeräumt werden, was der Fall ist, wenn du deine Spielsachen samt den dreckigen Socken mal rasch

unters Bett kickst. Es kann allerdings auch richtig aufgeräumt werden. Dazu gehört, dass dein Bett gemacht ist, der Schreibtisch ordentlich aussieht und man zumindest den größten Teil des Fußbodens erkennen kann.
Natürlich gilt dasselbe auch für das Tischdecken. Er ist so gut wie gedeckt, wenn du Besteck, Teller und Gläser nach Lust und Laune darauf verteilst. Er ist jedoch richtig gedeckt, wenn du fein säuberlich die Messer auf die rechte Seite, Gabeln und Löffel auf die linke Seite der Teller legst. (Oder genau umgekehrt?) Und wenn du dann auch noch hübsch jede Serviette so faltest, dass sie aussieht wie ein Schwan – na, lassen wir das, wir wollen ja mal nicht übertreiben.
Der Knackpunkt ist jedenfalls, dass du alles auf zwei Arten tun kannst: halbherzig oder ganz.
Mäkeln deine Eltern an dir herum, wenn du deine Schuhe nicht zugeschnürt hast, dann auch, weil sie nicht wollen, dass du stolperst und auf die Nase fällst. Wesentlicher ist jedoch, was sie dir außerdem damit eintrichtern wollen: *Was du begonnen hast, das führ auch zu Ende*. Sie möchten, dass du richtig lebst und nicht nur so gut wie. Und damit ist gemeint, dass du dein Bestes gibst und nicht nur so vor dich hin schlampst. Richtig zu leben ist viel schwieriger, als so gut wie zu leben, aber es ist auch viel besser. Und damit anfangen kannst du, indem du dir deine Schuhe richtig zubindest.
Schau dir jene Leute um dich herum an, die das, was sie tun, auch wirklich gut machen. Das sind alles erprobte und professionelle Schuhbinder. Die haben allesamt gelernt, wie man das, was man begonnen hat, auch richtig zu Ende bringt. Sie bringen deshalb nicht mehr zustande als andere, weil sie mehr auf dem Kasten haben, sondern weil sie sich mehr anstrengen. Sie machen sich nicht vor,

etwas sei getan, bevor es auch tatsächlich erledigt ist. Sie geben sich nie mit etwas Halbem zufrieden, sie streben immer nach dem Ganzen.

Das sind auch genau solche Leute, an die sich alle Übrigen wenden, wenn sie wollen, dass etwas richtig getan wird. Quälen dich deine Eltern mit dem Schuhebinden, dann, weil sie wünschen, dass du eines Tages zu dieser Sorte Menschen gehörst. Sie sorgen sich nicht nur, dass du auf der Straße stolperst, sondern vor allem darum, dass du nicht im Leben stolperst. Also, binde deine Schuhe zu, leg das Besteck richtig hin und beende, was du anfängst! Mit zugebundenen Schuhen geht man wesentlich sicherer in die Zukunft!

GEH MAL MIT DEM HUND RAUS!

Du selbst kannst aufs Klo gehen, wann immer du willst, doch dein Hund befindet sich nicht in dieser glücklichen Lage. Etliche Hunde müssen den ganzen Tag warten, bis endlich jemand nach Hause kommt und sie ausführt, damit sie ihr Geschäft verrichten können. Allein deshalb ist klar, warum du mit deinem Hund Gassi gehen musst: Er hat es einfach bitter nötig! Ansonsten sind Hunde ja sehr genügsam und geben sich mit wenig zufrieden: Fressen, körperliche Bewegung, etwas zum Draufherumkauen, einen warmen, trockenen Platz zum Schlafen und etwas zum Spielen. Bekommt dein Hund das, ist er schon ziemlich dankbar.

Menschen sind da wesentlich anspruchsvoller.

Ihnen muss man erheblich mehr bieten, nämlich Geburtstagsgeschenke, Telefongespräche, Kleider, Bücher, Spiele, Musik. Es ist viel schwieriger, für einen Menschen zu sorgen, als sich um einen Hund zu kümmern. Will man deshalb lernen, für Menschen zu sorgen, ist es nicht

schlecht, wenn man schon mit der Sorge für einen Hund erste Erfahrungen gesammelt hat.
Hunde müssen ausgeführt werden, ganz egal, bei welchem Wetter, und ganz egal, ob du müde vom Spielen oder Lernen bist. Das ist die große Bedeutung der Anordnung, mit dem Hund Gassi zu gehen: *Du musst für alle, an denen dir etwas liegt, da sein, unter welchen Umständen auch immer*. Menschen und Tiere, die du gern hast, verlassen sich darauf, dass du dich um sie kümmerst – und wenn du das tust, hast du etwas Grundlegendes gelernt, nämlich Verantwortung. Wenn du für andere Verantwortung übernimmst und dieser auch gerecht wirst, beweist du damit, dass sie dir wirklich etwas bedeuten – und dass sie voll und ganz auf dich zählen können.

Man kann nicht einfach so tun, als würde man jemanden mögen, ohne sich wirklich um ihn zu kümmern. Eltern, die beteuern, sie lieben ihre Kinder, aber sich kaum mit ihnen abgeben, lieben sie nicht wirklich. Kinder, die versichern, sie lieben ihre Eltern, aber sie links liegen lassen, wenn sie älter werden, lieben sie nicht wirklich. Wahre

Zuneigung äußert sich eben nicht nur in Gefühlen – sondern vor allem durch Taten!

SAG IMMER BITTE UND DANKE!

Mach dir einmal Gedanken über all die wirklich miesen Typen, die du kennst. Nein, nicht über solche, von denen du in den Nachrichten gehört hast, weil sie jemanden umgebracht oder eine Bombe gelegt haben. Denk einfach nur an all die kleinen Bösewichter und Gauner unter euch Kindern, denen du schon selbst über den Weg gelaufen bist – an die Schläger, die Lügner, die Betrüger, an solche, die andere Kinder bestehlen oder Sachen anderer zerstören.

Jetzt überleg dir mal, wie sie zu dem geworden sind, was sie sind.

Ganz bestimmt wurden sie das nicht von heute auf morgen, sondern nach und nach. Und wenn sie immer so weitermachen, immer noch schlechter werden, enden sie vielleicht auch als Fahndungsfotos in den Nachrichtensendungen. Leute, die Autos stehlen, haben nämlich mit dem Knacken von Kaugummiautomaten angefangen. Leute, die Menschen erschießen, haben früher ihre Mitschüler verprügelt. Leute, die im Geschäftsleben betrügen, haben ihre fragwürdige Karriere mit dem Betrügen von Freunden begonnen. Wenn Menschen auf die schiefe Bahn geraten, dann ganz allmählich.

In umgekehrter Hinsicht gilt dasselbe. Wer auf den rechten Weg gelangt ist, hat schon als Kind gelernt, Gutes zu tun. Wer jemanden vor dem Ertrinken rettet, hat früher schon alten Menschen über die Straße geholfen. Wer

Geld für wohltätige Zwecke spendet, hat schon als Kind einige Groschen in Sammelbüchsen geworfen. Wer vielen Menschen hilft, hat damit begonnen, den Nachbarn von nebenan zu helfen.

Weil man den Weg zum Richtigen oder Falschen immer nur in kleinen Schritten zurücklegen kann, spornen deine Eltern dich so früh wie möglich an, sich ordentlich zu anderen zu verhalten. Sie wissen, wenn sie dich dazu bringen, in jungen Jahren Gutes zu tun, wirst du es später ganz automatisch von selbst machen. Und weil eben das Gutwerden mit Kleinigkeiten beginnt, bringen sie dir bei, bitte und danke zu sagen.
Um etwas zu bitten bedeutet, dass du nicht stur und eigennützig bist, sondern Geduld hast, auf das zu warten, was du möchtest.

Sich für etwas zu bedanken heißt, dass es für dich nicht normal und logisch ist, es zu bekommen, sondern dass du dich wirklich darüber freust. Bitte und danke mögen kleine Worte sein, aber wer sie sagt, beweist damit, dass er eine große Persönlichkeit ist.

Falls du einmal vergisst, bitte oder danke zu sagen, werden deine Eltern dich mit den Worten »Wie sagt man?« darauf hinweisen. In Wirklichkeit ist das keine Frage, sondern ein Befehl, mit dem sie dich auf sanfte Weise dazu bringen wollen, um etwas zu bitten oder sich für etwas zu bedanken. »Wie sagt man?« hört sich wesentlich freundlicher an als das schroffe »Sag bitte!« oder »Sag danke!«. Wenn du dieses »Wie sagt man?« hörst, ist deine letzte Gelegenheit gekommen, zu beweisen, dass du kein absoluter Stoffel bist.
Die große Bedeutung von »Sag immer bitte und danke!« ist: *Nimm nichts, was du bekommst, als Selbstverständlichkeit hin.* Wir alle kommen mitunter auf die schräge Idee, dass uns das, was wir bekommen, ganz einfach zu-

steht. Aus Kindern, die glauben, ihre Eltern und die restliche Welt wären ihnen alles Mögliche schuldig, werden selbstsüchtige, verwöhnte Erwachsene. Geh deshalb lieber davon aus, dass du auf das, was man dir gibt, eigentlich gar keinen Anspruch hast, aber dass du es trotzdem bekommst, weil jemand dich mag und dir etwas Gutes tun möchte. Wenn du die Dinge aus diesem Blickwinkel

betrachtest, wird aus dir nie ein egoistischer Mensch werden. Gewöhnst du dir einfach an, bitte und danke zu anderen zu sagen, machst du dir damit den Umgang und das Zusammenleben mit ihnen um vieles leichter und freundlicher.

GEH NICHT GLEICH SCHWIMMEN NACH DEM ESSEN!

Nicht alle Anweisungen auf DER LISTE sind logisch, gehören aber dennoch unbedingt dazu.
Eine davon ist: »Geh nicht gleich schwimmen nach dem Essen!« Seit ewigen Zeiten predigen Milliarden von Eltern Milliarden von Kindern (mich selbst eingeschlossen), dass, wer mit vollem Magen schwimmt, Krämpfe bekäme und wie ein Stein auf den Boden des Beckens oder Sees sinken würde.
Ob dieser Spruch überhaupt wahr ist, wurde von Eltern anscheinend nie ernsthaft angezweifelt. Sie diskutierten höchstens darüber, wie lange ihre Kinder warten mussten. Vielleicht gehören deine Mutter und dein Vater zu den Viertel-Stunden-Eltern, die schon fünfzehn Minuten nachdem du deine Bockwurst verdrückt und deine Cola heruntergekippt hast, Entwarnung geben und dir erlau-

ben, dich in die Fluten zu stürzen. Vielleicht hast du aber auch Halb-Stunden-Eltern. Ich selbst hatte Ein-Stunden-Eltern und das stank mir gewaltig.
Heute weiß ich, dass die ganze Warterei nach dem Essen überflüssig und die Geschichte mit den Krämpfen völliger Blödsinn ist. Tatsache ist nämlich, dass man überhaupt nicht abwarten muss, will man nach dem Essen schwimmen (außer natürlich um zu vermeiden, ins Becken zu pinkeln, wovon ja schon die Rede war). In Wirklichkeit bekommen Leute, die vor dem Schwimmen eine Bockwurst oder sonst irgendwas verschlungen haben, auch nicht eher Krämpfe als solche, die mit leerem Magen ins Wasser steigen.
Es mag seltsam klingen, dass dieser Punkt auf DER LISTE steht, obwohl doch gar nichts dran zu sein scheint. Im Laufe der Jahre ist mir aber schließlich ein Licht aufgegangen: Die Warnung vor den Krämpfen ist nur die kleine Bedeutung von »Schwimm nicht gleich nach dem Essen!«. Die große Bedeutung hat nichts mit dem Magen zu tun, ist dafür allerdings viel wichtiger. Sie lautet: *Lerne abzuwarten.*
Warten gehört zu jenen Dingen im Leben, auf die sich Erwachsene naturgemäß besser verstehen als Kinder. Falls du meinst, dass ich mich irre, dann ruf dir doch deine letzte längere Autofahrt mit deiner Familie ins Gedächtnis. Ich gehe jede Wette ein, dass schon nach ein paar Minuten entweder du, deine Schwester oder dein Bruder mit der Frage angekommen ist: »Wann sind wir denn endlich da?« Und ich wette außerdem, dass dieselbe Frage bis zur Ankunft am Ziel noch mehr als einmal gestellt wurde.
Im Leben gibt es vieles, auf das zu warten man lernen muss. Das fängt schon damit an, dass du warten musst,

bis du genug gelernt hast, ehe du die Schule verlassen und einen Beruf ergreifen kannst. Dann musst du warten, bis du alt und reif genug bist, um heiraten zu können. Du musst dich auch gedulden, bis du Auto fahren, wählen, Alkohol trinken oder auf der Kirmes mit den richtig gefährlichen Karussells fahren darfst. Der Grund dafür, warum du noch auf so vieles zu warten hast, ist der, dass du momentan noch nicht groß, stark, reif oder gebildet genug bist, um zu wissen, wie man sich dabei richtig verhält. Wenn deine Eltern dir raten, nach dem Essen lieber noch etwas abzuwarten, bevor du dich ins Wasser schwingst, heißt das so viel wie: Bereite dich geduldig auf etwas vor, bis der richtige Augenblick dazu gekommen ist, es zu tun.

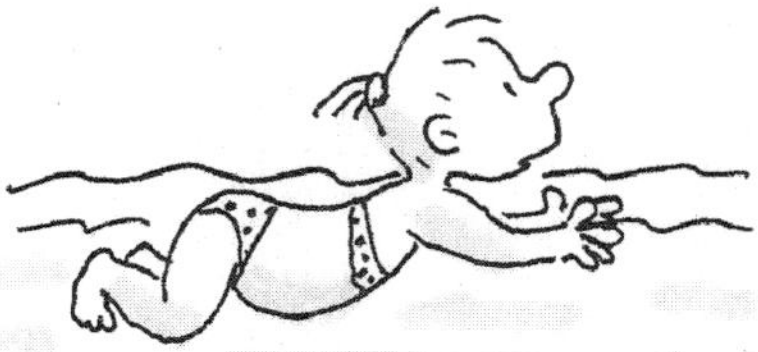

Die meisten Menschen, die ein glückliches Leben führen, haben sich im Warten geübt. Gute Wissenschaftler wissen, dass sie abwarten müssen, ehe sie das entdecken, wonach sie suchen. Gewieften Geschäftsleuten ist klar, dass sie Geduld aufbringen müssen, bis sie ihre Schäfchen ins Trockene bringen können. Leute, die ein hohes politisches Amt anstreben, wissen, dass sie notfalls sehr lange ausharren müssen, bis sie die Gelegenheit beim

Schopf greifen können. Aber das heißt leider nicht, dass man jedes Ziel auch erreicht, wenn man nur lange genug abwartet. Manche Wissenschaftler arbeiten ihr ganzes Leben, ohne jemals das zu finden, wonach sie forschen. Es gibt Leute, die sich ordentlich ins Zeug legen, um einen hohen Posten in Politik oder Wirtschaft zu ergattern, aber dennoch irgendwann feststellen müssen, dass ihre Zeit nie kommen wird. Abzuwarten bedeutet folglich nicht, dass man irgendwann bekommt, worauf man aus ist. Aber nicht abzuwarten bedeutet fast immer, dass man schon von vornherein keine Chance hat, es zu bekommen.

Beim Warten kommt es immer auf die richtige Reaktion an. Mitunter wartet und wartet man im Leben auf etwas – und dann geht auf einmal alles ganz schnell. Das ist etwa so wie mit einer Ketchup-Flasche. Man schüttelt sie wie wild und erst kommt gar nichts heraus, aber dann plötzlich alles auf einmal. Deshalb solltest du immer auf alles Mögliche vorbereitet sein, um im Falle des Falles schnell schalten und deine Chance nutzen zu können.

WENN DU ÜBER JEMANDEN NICHTS NETTES SAGEN KANNST, DANN SAG LIEBER GAR NICHTS!

Du weißt bestimmt aus eigener Erfahrung, dass Worte weit schmerzhafter sein können als zum Beispiel ein Klaps auf den Po. Andererseits hast du wahrscheinlich auch schon festgestellt, dass Worte manchmal heilsamer sind als Medizin. Es stimmt, Worte können einen aufbauen oder fertig machen; mit Worten kann man sich beliebt oder verhasst machen; mit Worten kann man jemanden loben oder ihn durch den Kakao ziehen. Hast du erst einmal begriffen, was man mit Worten alles ausrichten kann, wirst du sie in Zukunft vielleicht sorgsamer verwenden.

Die meisten Leute reden zu viel, nur die wenigsten sind ausgesprochen schweigsam und kaum jemand findet den goldenen Mittelweg. Es hängt allerdings nicht davon ab, wie viel oder wie wenig man sagt, sondern wie viel Nettes einem dabei über die Lippen kommt. Und damit kommen wir einem Geheimnis des Lebens auf die Spur: Wer häufig freundliche Worte gebraucht, sieht auch die ganze Welt mit freundlicheren Augen.

Gar nichts von sich zu geben ist demnach viel besser, als verletzend zu sein oder seinem Ärger freien Lauf zu lassen. Behältst du deine Worte für dich, gewinnst du nicht nur Zeit, um dich abzuregen, sondern auch, um herauszufinden, warum du überhaupt so zornig bist. Außerdem verhinderst du so, etwas auszusprechen, das du nie mehr zurücknehmen kannst. Ist doch logisch: Für das, was man nicht gesagt hat, kann man auch nicht zur Rechenschaft gezogen werden.

»Wenn du über jemanden nichts Nettes sagen kannst, dann sag lieber gar nichts!« ist einer der ältesten und sicherlich weisesten Sprüche auf DER LISTE. Seine kleine Bedeutung besteht darin, dass er dir die Macht der Worte lehren und dich ermahnen soll, sie umsichtig zu wählen. Die große Bedeutung geht allerdings noch weit darüber hinaus, denn sie besagt: *Verhalte dich anderen gegenüber genauso, wie du es von ihnen erwartest!*

Wir alle wollen von Zeit zu Zeit etwas hören, das uns wie Öl runterläuft. Das haben wir einfach nötig, um nicht den Glauben an uns selbst zu verlieren. Werden wir nie gelobt, kommen wir uns wie Abschaum vor, lobt man uns dagegen, hebt das unser Selbstwertgefühl. Hast du selbst erfahren, wie wichtig es ist, aufbauende Worte zu hören, wird es dir leichter fallen, auch andere aufzumuntern. Hat jemand, den du kennst, etwas Gutes vollbracht, dann halt dich nicht zurück und sag es ihm oder ihr einfach rundheraus. Dir selbst wird das ein gutes Gefühl verschaffen – der anderen Person aber sogar ein phantastisches.

ICH ZÄHLE BIS DREI UND DANN ...!

Weißt du, wie man Dynamit in die Luft jagt? Man steckt eine Zündschnur an, die frisst sich immer näher zum Dynamit vor – und dann macht es *wumm!* Wenn deine Eltern drohen »Ich zähle bis drei, dann ...!«, heißt das nichts anderes, als dass sie ebenfalls kurz vorm Explodieren sind. Die kleine Bedeutung dieser Worte ist, dass ihre Lunte glimmt, die Uhr tickt – und dass du danach nichts mehr zu lachen hast.

Was nach dem Zählen und dem Knall geschieht, hängt einerseits davon ab, was du dir eingebrockt hast, und andererseits davon, wie lang die Zündschnur deiner Eltern ist. Es kann sein, dass dir danach Sätze um die Ohren fliegen wie: »Du darfst eine Woche lang nicht fernsehen!« oder »Du darfst eine Woche nicht telefonieren!« oder »Du hast Hausarrest!«. Ein durchschnittlicher Knall kann dir ein, zwei Tage Hausarrest, ein Mordsknall ein bis zwei Wochen einbringen.
Doch was nach dem Knall geschieht, ist im Grunde gar nicht so wichtig. Wesentlicher ist: Achte auf das Zählen davor. Machst du das, kannst du dem Knall noch rechtzeitig zuvorkommen, indem du tust oder unterlässt, was deine Eltern so eindringlich von dir verlangen.
Es gibt immer deutliche Vorzeichen für ein aufziehendes Unwetter. Folglich kann man erkennen, wenn man zu weit gegangen ist, und meist noch rasch die Kurve kriegen. Dazu musst du nur lernen, auf die Signale zu achten. Nehmen wir an, du hast einen Freund beleidigt und er geht dir aus dem Weg, sobald er dich sieht, bedeutet dieses Abtauchen das Abzählen vor dem Knall. Hast du jemanden so lange geärgert, bis er anfängt zu heulen, dann sind diese Tränen ein Zeichen, dass der Topf jede Sekunde überkochen kann. Hast du deine Hausaufgaben nicht gemacht und der Lehrer schüttelt nur den Kopf und atmet tief ein, dann ist dies das Signal dafür, dass er gleich ganz gewaltig in die Luft gehen wird.
Man kann einem drohenden Knall fast immer entgehen, wenn man beizeiten auf seine Vorboten achtet. Wer dafür jedoch zu stur ist, muss sich eben auf den Knall gefasst machen – und auf alle damit verbundenen Folgen!

SPRICH ANSTÄNDIG MIT DEINEN ELTERN!

Es gibt Worte, die ebenso schlimm sind wie Flüche. Ein mürrisch hingeworfenes »Ach was!« gehört in dieselbe untere Schublade. Ich rede von diesem »Ach was!«, mit dem du deinen Eltern verklickerst, dass dir völlig schnuppe ist, was sie sagen, und von jenem, mit dem du ihnen klar machst, dass sie sich gefälligst nicht in deine Angelegenheiten mischen sollen.

Es gibt eine Menge Frechheiten, die manche Kinder sich ihren Eltern gegenüber herausnehmen. Dazu gehört etwa, hinter ihrem Rücken Grimassen zu schneiden oder hinter ihnen herzumaulen. Genauso übel ist es auch, blöde Witze über sie zu reißen oder keine Notiz von ihnen zu nehmen, wenn sie mit einem reden. Und solltest du dir irgendwelche Dreistigkeiten gegenüber einem Elternteil gestatten und der andere kriegt Wind davon, kommt sicher der Anpfiff: »Sprich nicht so mit deiner Mutter/deinem Vater!«

Es ist niemals ein Zeichen besonderer Liebenswürdigkeit, zu anderen unverschämt zu sein, aber wenn du es zu deinen Eltern bist, ist das wirklich die Höhe. Und das ist der kleine Sinn dieser Vorschrift: Deine Eltern verdienen besondere Anerkennung. Schließlich sind sie diejenigen, denen weder Zeit noch Arbeit zu viel ist, um dich aufzuziehen. Ihnen hast du es zu verdanken, wenn einmal ein anständiger Mensch aus dir wird. Sie sind es, die dich mehr lieben als alles andere. Da haben sie es doch wohl kaum verdient, dass du ihnen unverschämt kommst! Übrigens zeigt die Erfahrung, dass vor Leuten, die es nicht einmal schaffen, ihre eigenen Eltern mit Respekt zu behandeln, auch niemand anderes sicher ist.

Und damit sind wir beim Maßgeblichen: *Alle Menschen haben grundsätzlich das Recht darauf, mit Respekt behandelt zu werden.*
Dieses Thema hatten wir ja schon einmal, aber es schadet gewiss nicht, daran zu erinnern. Vergiss also nie, jedermann die nötige Achtung entgegenzubringen – und deinen Eltern noch das entscheidende Quäntchen mehr. Das dürfte dir überhaupt nicht schwer fallen, denkst du an all die Windeln, die sie für dich gewechselt, an die Wehwehchen, die sie verarztet, an die stürmischen Nächte, die sie an deinem Bett verbracht haben, bis du eingeschlafen warst. Hand aufs Herz: Kann man zu solchen Leuten unverschämt sein?

ISS DEINEN TELLER LEER!

Dieses Kommando kommt selten allein, es wird meistens näher begründet. Das hört sich dann ungefähr so an: »Es gibt so viele hungernde Kinder in (dann folgt der Name eines Hunger leidenden Landes; während meiner Kindheit war es China), die ihren linken Arm für so ein Essen hergeben würden, also iss gefälligst deinen Teller leer!«
Es wäre jedoch nicht sehr vernünftig, darauf nun locker zu kontern mit: »Na, dann schickt ihnen doch meinen Arm. Immer noch besser, als diesen Bohneneintopf runterschlingen zu müssen!« Neunmalklug daherzufaseln ist in diesem Fall nicht angesagt. Klüger wäre es, zu gehorchen und den Teller leer zu essen, denn dafür gibt es eine Reihe guter Gründe.
Der erste davon ist, dass das Wegwerfen von Nahrung, die Geld gekostet und Zeit zur Zubereitung benötigt hat,

schlicht eine Verschwendung wäre. Bei dieser Gelegenheit eine Bemerkung: Es ist verblüffend, dass alle Leute, die sich in ihren Kindertagen des Öfteren dagegen gewehrt haben, ihren Teller leer zu essen, später, wenn sie ihre eigenen Mahlzeiten kaufen und kochen müssen, schlagartig völlig anders darüber denken.

Über eines solltest du dir völlig im Klaren sein: Nahrung ist nicht einfach nur eine Art Kraftstoff für deinen Körper, sondern in Wahrheit eine Wohltat, die du zu würdigen wissen solltest. Bevor etwas überhaupt zu »Nahrung« wird, muss es zunächst einmal angepflanzt, geerntet, befördert und verkauft werden. Nicht wenige Menschen empfinden es als Segen, ihre tägliche Mahlzeit zu erhalten, und deshalb sprechen sie auch erst ein Tischgebet, ehe sie sich ans Essen machen.
Auch wenn du selbst nicht viel mit Beten am Hut hast, solltest du dir beim Leeressen deines Tellers den großen Sinn des Ganzen verinnerlichen: *Sei dankbar für das, was du hast*. Etwas zu essen zu bekommen ist nämlich längst keine solche Selbstverständlichkeit, wie du vielleicht

glauben magst. Mach dir einmal klar, dass auf diesem Planeten über 200 000 000 (!) Kinder jede Nacht hungrig zu Bett gehen müssen. Und was noch viel schlimmer ist: jeden Tag sterben 40 000 Kinder auf der Erde an Unterernährung. Aber glaub nur ja nicht, dass so etwas nur in Afrika, Asien oder sonstigen weit entfernten Gegenden passiert. In jenen hochzivilisierten Staaten, die man als »westliche Industrieländer« bezeichnet (Westeuropa, USA, Kanada) sterben jährlich 8 000 000 Menschen, weil sie nicht genügend zu essen haben. Auch in deiner eigenen Nachbarschaft leben mit Sicherheit Eltern, die sich ganz schön anstrengen müssen, um ihren Kindern genau diese Mahlzeit auf den Tisch bringen zu können, die du so dankend ablehnst. Selbst wenn du davon nie etwas erfährst – es ist so!

Denk also daran, wie viele Kinder auf der Welt heilfroh wären, würde ihr größtes Problem darin bestehen, einen Teller leer essen zu müssen.

Was hältst du von der Idee, auch anderen Menschen zu helfen, satt zu werden? Vielleicht könntest du mithelfen, Geld für Organisationen zu sammeln, die solche Men-

schen unterstützen und etwas gegen den Hunger in der Welt tun. Vielleicht könntest du dich mit anderen zusammentun, um an hungernde Menschen Essen auszuliefern, oder in einer Suppenküche bedienen? Vielleicht fällt dir auch ein ganz eigener, neuer Weg ein, wie man hungrigen Menschen hilft, satt zu werden. Lass dir das doch mal durch den Kopf gehen.

MACH ENDLICH DEINE HAUSAUFGABEN!

Der Name »Hausaufgaben« sagt ja eigentlich schon alles. Die Schule ist bekanntlich nicht nur dazu da, um dir Lehrstoff einzupauken, sondern auch, um zu überprüfen, ob und was du daheim gelernt hast.

Die besten Schüler sind nicht diejenigen, die sich bei den Lehrern einschleimen, überall beliebt sind oder den meisten Vereinen angehören. Nein, das sind die, die ihre Hausaufgaben machen. Sie haben begriffen, dass lernen auch üben bedeutet, dass man darüber nachdenkt, was einem im Unterricht beigebracht, und dass man liest, was

einem dort empfohlen wurde. Und all das lässt sich zu Hause nun mal besser als in der Schule erledigen.
Du wirst immer wieder feststellen, dass Kinder, die ihre Hausaufgaben gemacht haben, im späteren Leben erfolgreicher sind als solche, die darauf gepfiffen haben. Leute, die in ihrem Beruf angesehen sind, gehen nicht einfach nur zur Arbeit; sie bereiten sich gründlich darauf vor. Diese Leute planen bereits daheim, lassen sich dort neue Ideen einfallen, die sie tags darauf am Arbeitsplatz in die Tat umsetzen. Solchen Menschen ist die große Bedeutung der Hausaufgaben in Fleisch und Blut übergegangen: *Was auch immer du tust, bereite dich gut darauf vor.* Deshalb sind auch deine Eltern immer so hinter dir her, dass du deine Hausaufgaben erledigst: Sie wollen, dass du dich stets gewissenhaft vorbereitest auf das, was auf dich zukommt. Und das kann dir niemand abnehmen.

Gut, ab und zu wirst du wohl bei deinen Hausaufgaben Hilfe benötigen. Das ist schon in Ordnung und ganz normal. Einige Kinder brauchen mehr, andere weniger Unterstützung, denn jeder Mensch lernt auf seine eigene Weise – aber nötig hat sie jeder. Herauszufinden, wer einem wobei am besten helfen kann, ist auch ein Teil der Hausaufgaben.

Lässt du allerdings andere deine Hausaufgaben für dich machen, schießt du garantiert ein Eigentor. Das wäre bereits eine Form von Mogelei, mit der du nicht nur deine Lehrer, sondern vor allem dich selbst hinters Licht

führst. Wenn dir deine Eltern mal ein wenig Beistand leisten, ist dagegen nichts einzuwenden. Aber wenn du zum Beispiel für den Erdkundeunterricht eine Landkarte von Italien zeichnen sollst und sie übernähmen das für dich, wäre das alles andere als vernünftig. Damit würden sie dich um die Chance betrügen zu lernen, wie man so etwas selbst macht.
Nimm mal an, du bewirbst dich später einmal um einen gut bezahlten Posten in einer großen Firma und hast die besten Aussichten, ihn auch zu bekommen. Beim letzten Einstellungsgespräch sagt der Chef dann zu dir: »Wir haben einen guten Eindruck von Ihnen gewonnen und sind ernsthaft daran interessiert, die Stelle mit Ihnen zu besetzen. Aber zuvor würden wir gerne noch etwas von Ihnen wissen. Wir besitzen mehrere Niederlassungen in Italien. Kennen Sie sich dort einigermaßen gut aus?«
Daraufhin wirst du zugeben müssen: »Tut mir Leid. Ich hätte zwar für die Schule mal eine Landkarte von Italien zeichnen sollen, aber das hat dann meine Mutter für mich gemacht, und deshalb weiß ich nichts darüber.«
Und der Chef wird sagen: »Zu schade, aber dann kommen Sie für uns nicht in Frage. Auf Wiedersehen.«
So etwas kommt öfter vor, als du glaubst. Also, mach deine Hausaufgaben!

HALT DIE HAND VOR'N MUND

Womöglich schwirren gerade in diesem Moment üble Bazillen um dich herum, die es auf dich abgesehen haben. Stell dir deinen Körper als eine Art Raumschiff vor und die Bazillen als Außerirdische, die darin einzudringen versuchen. Diese Krankheitserreger treiben sich überall herum: in der Luft, die du einatmest, im Wasser, das du trinkst, und in der Nahrung, die du isst. Meistens werden sie von der Bazillen-Abwehr deines Körper rechtzeitig gestoppt, aber hin und wieder erreichen sie doch ihr Ziel, und dann passiert es eben: Du wirst krank. Es ist schon bemerkenswert, was unser Körper leistet, um die Quälgeister erfolgreich zu bekämpfen. Selbst wenn sie bereits in dir stecken, wird deine Bazillen-Abwehr weiterkämpfen und nichts unversucht lassen, um dich wieder auf die Beine zu bringen.

Einer der leichtesten Wege für Bazillen, von einem Körper in einen anderen zu gelangen, ist, wenn jemand niest. Hierzu noch ein Vergleich: Stell dir vor, die Bazillen besitzen winzig kleine Surfbretter, mit denen sie auf den Tröpfchen reiten können, die beim Niesen aus der Nase stieben. Sobald du niest, starten sie auch schon, und wenn dann jemand diese Tröpfchen einatmet, surfen sie direkt in seinen Körper hinein und greifen ihn an. Daher fordern deine Eltern dich auch immer auf, dir beim Niesen die Hand vor den Mund zu halten. Sie wollen verhindern, dass es für irgendwelche Bazillen ein leichtes Spiel wird, es sich in den Körpern deiner Mitmenschen gemütlich zu machen.

Verlässt du morgens das Haus, solltest du darum immer ein Taschentuch mitnehmen. Bevor man niesen muss, kribbelt es ja in der Nase und du hast noch ein paar Sekunden Zeit um zu schalten. Tust du das aber nicht, feiern deine Bazillen Feste.

Man muss anderen nicht unbedingt ins Gesicht niesen, um sie zu verletzen – und das ist der große Sinn von »Halt dir die Hand vor den Mund, wenn du niest«: *Tu anderen nicht weh und sei es mit Kleinigkeiten.* Im Klartext heißt das, dass du Acht geben sollst, nichts zu tun, das andere verletzt, verärgert oder kränkt. Mag sein, dass du nicht gerade Bazillen verbreitest, aber stattdessen üblen Tratsch, gemeine Witze oder Lügen – und das ist auch nicht besser, im Gegenteil. Über jemanden zu lästern ist wie mit Worten auf ihn zu niesen, aber weitaus schlimmer, da üble Bazillen schnell wieder verduften, üble Worte aber lange hängen bleiben.
Übrigens, wenn du niest, sagt man »Gesundheit« zu dir. Und wenn andere Leute dir schon so was wünschen,

wäre es doch das Mindeste, auch auf deren Gesundheit Rücksicht zu nehmen, indem du dir die Hand vor den Mund hältst!

STEH GERADE!

Verglichen mit dem, was man im Leben wirklich alles anstellen und falsch machen kann, scheint es doch wirklich nicht der Rede wert zu sein, wenn man mal die Schultern hängen lässt. Quengeln deine Eltern also an deiner schiefen Haltung herum, sagst du wahrscheinlich: »Na und? Auf der Welt gibt es Kriege, Menschen werden krank, die Stürmer unserer Nationalmannschaft kriegen auch kein Bein mehr auf den Boden – und da regt ihr euch über meine Haltung auf? Jetzt haltet mal die Luft an! Seid doch froh, dass ich überhaupt laufen kann!«

Halt erst mal selbst kurz die Luft an, dann machen wir uns ein paar Gedanken über die richtige Körperhaltung. Ein sehr guter Grund, der für das Geradestehen spricht, ist der, dass dann all deine inneren Organe genügend Platz zum Arbeiten haben und nicht eingezwängt werden. Wenn du lasch durch die Gegend schlurfst, ist das jedoch nicht der Fall. Dann drückt nämlich dein Magen auf die Lungen, die Lungen auf die Kehle, die wiederum auf deinen Hals und der gegen den Kopf. Du wirst einsehen, dass das nicht gerade ideal für deinen Körper ist. Stehst du jedoch aufrecht da, können deine Organe so funktionieren, wie sie sollen.

Aber beim Geradehalten geht es um viel mehr als um deine Eingeweide, und deshalb ist dieser Punkt auch auf DER LISTE vermerkt. Mit der Ermahnung versuchen deine Eltern dir nämlich das beizubringen: *Zeige allen Leuten, dass du an dich selbst glaubst*. Stehst du aufrecht da, signalisierst du damit anderen, dass du über Selbstvertrauen verfügst. Du machst dann einfach einen stolzeren Eindruck und wirkst so, als könne dich nichts erschüttern.

Schlurfst du daher, verrätst du anderen jedoch, dass du niedergeschlagen bist oder dir minderwertig vorkommst – genauso wie ein Lächeln verrät, dass du dich wohl fühlst. Es ist schon merkwürdig, wie man von außen erkennen kann, in welcher Gemütsverfassung sich Menschen gerade befinden.

Natürlich kannst du jetzt entgegenhalten, dass es Tage gibt, an denen du beim besten Willen nicht stolz oder glücklich bist. Dann, folgerst du, wäre es doch eine Lüge, aufrecht zu stehen, und du fragst dich, ob man nicht wenigstens zu solchen Zeiten mal die Schultern hängen lassen darf.

Ich sag dir eines klipp und klar: Gerade dann nicht! Vor allem an solchen Tagen ist es wichtig, gerade dazustehen. Auch wenn du dich nämlich momentan mies fühlst, ist das noch lange kein Grund, das Vertrauen in sich zu verlieren. Trotz der augenblicklichen Flaute bist und bleibst du doch dieselbe starke Persönlichkeit, die du vorher warst und in aller Kürze wieder sein wirst. Und noch etwas sollte dich dazu bringen, den Kopf wieder höher zu tragen: der Gedanke an jene Menschen, die dich mögen und beharrlich an dich glauben. Sie können ja nicht allesamt falsch liegen! Sie sehen offenbar etwas in dir, für das du selbst an deinen schlechten Tagen keine Augen hast.
Steh also gerade und gib die Zuversicht nicht auf. Denkst du so, wendet sich ein hundsmiserabler Tag zu einem, der wenigstens nur noch durchschnittlich schlecht ist. Das ist zwar nur ein kleiner Schritt, aber einer in die richtige Richtung. Du wirst hin und wieder auf Menschen treffen,

die versuchen, dich kleinzukriegen. Deshalb hast du nicht den geringsten Grund, dich auch noch selbst klein zu machen.

ENTSCHULDIGE DICH!

Willst du, dass ein brauchbarer Mensch aus dir wird, bleibt dir nur die Wahl zwischen zwei Möglichkeiten:
Nummer 1: Du lernst, wie man vermeidet, jemals einen Fehler zu begehen.
Nummer 2: Du lernst, dich zu entschuldigen.
Da Nummer 1 unmöglich ist, tust du gut daran, dir Nummer 2 einzuprägen.

Wer bekennt, dass ihm etwas Leid tut, beweist, dass er Charakter besitzt. Dies zeigt, dass man einsieht, einen Fehler begangen zu haben, dass man fähig ist, ihn vor anderen zugeben zu können, und dass man willens ist, sich zu bessern. Das sind alles keine Kleinigkeiten und es gehört Überwindung dazu, so was zu tun. Deswegen

werden deine Eltern auch darauf drängeln, dich zu entschuldigen, falls du selbst nicht auf die Idee kommst.
Sagst du, dass dir etwas Leid tut, bringt dir das also selbst etwas, vor allem aber natürlich der Person, die von dir gekränkt wurde. Hast du jemanden beleidigt, kannst du das nicht einfach ungeschehen machen. Ein falsch geschriebenes Wort auf einem Blatt Papier ist schnell ausradiert, aber bei Menschen klappt das nun mal nicht. Hast du jemandem wehgetan, ändert sich daran so lange nichts, bis du etwas unternimmst, um alles wieder gutzumachen.
Und die einzige Möglichkeit, die Sache aus der Welt zu schaffen, besteht darin, direkt auf den betreffenden Menschen zuzugehen und zu sagen: »Entschuldige, dass ich mich so benommen habe. Ich wünschte, ich hätte es nicht getan, und jetzt hoffe ich, dass du mir verzeihen kannst.« Bringst du das übers Herz, hast du gleichzeitig auch den großen Sinn von »Entschuldige dich« kapiert, und der lautet: *Wenn du etwas verbockt hast, musst du es auch wieder ausbügeln.*
Es gibt übrigens auch billige Entschuldigungen, die man einfach so daherplappert, hinter denen man aber nicht ernsthaft steht. Zwingen dich etwa deine Eltern, sich für etwas zu entschuldigen, während du gerade stinksauer bist und dir rein gar nichts Leid tut, musst du trotzdem nachgeben und folgen, weil dir deine Mutter andernfalls die Ohren lang ziehen würde. Zwar kriegt jeder mit, dass du es nicht ehrlich meinst, aber hier geht's ums Grundsätzliche: Selbst eine solche Entschuldigung ist besser als gar keine. Denn obwohl du zwar nicht das Richtige meinst, sagst du es zumindest. Und das ist auch was wert.
In der Regel gilt allerdings, dass Entschuldigungen nur

dann etwas bringen, wenn man es nicht beim bloßen Dahersagen belässt, sondern den Schaden wieder gutmacht. Hast du etwas geklaut und wirst erwischt, ist es nicht mit einem »Es tut mir Leid« getan. Du musst schon zurückgeben, was du eingesackt hat. Hast du gelogen, gilt dasselbe. Da reicht kein abgedroschenes »Entschuldigung«, da muss die Wahrheit auf den Tisch. Hast du vergessen, jemanden zu einer Party einzuladen, kannst du ihn auch nicht mit einer billigen Entschuldigung abspeisen, sondern wirst ihn das nächste Mal eben einladen müssen.

Und zu guter Letzt noch eine Bemerkung. Willst du jemanden für etwas um Verzeihung bitten, kann es auch vorkommen, dass du dir eine Abfuhr einhandelst. Vielleicht ist dein Gegenüber noch zu sehr verschnupft, um mit einem »Ist schon in Ordnung« darauf eingehen zu können. Wenn dir das passiert (und glaub mir, es wird), dann solltest du es wiederholt probieren. Selbstverständlich musst du deine Entschuldigung nicht für alle Ewigkeiten herunterleiern, aber mehr als einmal musst du dich schon bemühen. Läuft das Ganze aber schließlich darauf hinaus, dass du dich x-mal entschuldigst, man dir aber dennoch nicht vergibt, ist es an der Zeit, das Weite zu suchen. Was zählt, ist, dass du zumindest den guten Willen gezeigt hast, die Wogen zu glätten. Und der gute Wille ist es, auf den es im Leben am meisten ankommt.

BEURTEILE NIEMANDEN NUR NACH SEINEM ÄUSSEREN!

Nehmen wir einmal an, jemand stellt dich vor folgende Wahl: Du darfst dir aussuchen, ob du ganz toll aussehen möchtest oder ob du ein wirklich großartiger Mensch sein willst. Wofür würdest du dich entscheiden?
Ich hoffe, du entschließt dich zu Letzterem, aber falls du die andere Möglichkeit vorziehst, kann ich dir das auch nicht verübeln. Es ist schon so im Leben: Gut aussehende Menschen haben es meist leichter als solche, die in dieser Hinsicht etwas schlechter weggekommen sind.

Filmstars, Models, Nachrichtensprecher und die Leute, die auf den Titelseiten vieler Zeitschriften präsentiert werden, sehen meistens blendend gut aus. Ich bin davon überzeugt, dass die beliebtesten Kinder auch immer die sind, die am besten aussehen. Ich selbst habe übrigens nicht zu den Schönlingen gehört. Ich war mager, musste dunkle Brillen tragen und war zudem noch durch eine Hühnerbrust verunstaltet. Deshalb will ich hier im Namen aller Kinder, die nicht für ein Titelbild in Frage kommen, ganz deutlich sagen, was ich davon halte, dass Gutaussehende besser behandelt werden: *Es ist eine himmelschreiende Ungerechtigkeit!*

Du und deine Eltern sind sich völlig darüber im Klaren, dass die Bevorzugung Gutaussehender gegenüber dem Rest der Menschheit nicht in Ordnung ist. Alle wissen das, alle außer den Gutaussehenden selbst, und das ist auch der Grund, warum »Beurteile niemanden nur nach seinem Äußeren« auf DER LISTE verewigt ist. Das heißt, du solltest dir einprägen, dass es auf die inneren Werte ankommt, nicht auf den äußeren Schein.

Genau wie ein Buch mit unscheinbarem Einband Weltbewegendes zum Inhalt haben kann, so ist es eben auch möglich, dass jemand, dessen Äußeres einen nicht gerade umhaut, ein herausragender Mensch sein kann. Übrigens gehe ich sogar so weit zu behaupten, dass es dir leichter fallen wird, etwas aus dir zu machen, wenn du nicht das attraktivste Kind der Schule bist. Der Grund ist dieser: Den nicht ganz so hübschen Kindern fällt es nämlich leichter, Mitgefühl für andere zu entwickeln. Sie wissen nur zu gut, wie man sich vorkommt, wenn man durch den Kakao gezogen wird, etwa wegen zu großer Ohren, Pickeln oder weil man dicker ist. Verspürst du an der eigenen Haut, wie schmerzhaft es sein kann, veralbert zu werden, fällt es dir auch leichter, die Leiden anderer nachzuempfinden.

Es ist schwer, hinter die Fassade der Menschen zu schauen, insbesondere hinter jene der Gutaussehenden, denn von denen lässt man sich naturgemäß eher blenden. Du musst es aber lernen, um möglichen Enttäuschungen vorzubeugen. Vermutlich wirst du Leuten begegnen, die dir äußerlich sehr zusagen und die sich bei dir einschmeicheln wollen, dir etwas anzudrehen oder einzureden versuchen – die dich in Wirklichkeit aber nur um den Finger wickeln wollen, es auf dein Geld abgesehen haben oder dich sonst wie hintergehen möchten.

Natürlich möchte ich nicht, dass du auf die Idee kommst, alle schönen Menschen seien egoistische Widerlinge. Es gibt genügend Leute, die sowohl hochanständig sind als auch äußerlich viel hermachen. Ich muss da nur an meinen besten Freund denken, der aussieht wie ein Filmstar, aber auch ein ganz wundervoller Kerl ist.

Die große Bedeutung von »Beurteile niemanden nur nach seinem Äußeren!« ist demnach: *Schau tiefer*. Und das gilt für alle Bereiche des Lebens. Ob bei Personen oder Dingen – gib dich nicht mit dem Blick auf die Oberfläche zufrieden, sondern versuche herauszubekommen, wie es dahinter aussieht. Lass dich auch nicht von schönen Worten einlullen, sondern finde heraus, was dahinter steckt. Das Leben ist kompliziert genug, aber wenn du lernst, tiefer zu blicken, wird es um vieles einfacher.

PRÜGEL DICH NICHT MIT ANDEREN!

Es ist furchtbar, von jemandem geschlagen zu werden. Ich hoffe für dich, dass dir das noch nie passiert ist, und falls doch, dann wünsche ich dir, dass du glimpflich davongekommen bist. Im Leben kann einem viel Schlimmes zustoßen, aber ich finde, verprügelt zu werden, gehört zum Allerschlimmsten.

Viele Kinder werden von ihren Eltern verprügelt, und das sind dann meist auch dieselben Kinder, die ihre Altersgenossen schlagen. Das Übelste dabei ist, dass aus einigen dieser Kinder Erwachsene werden, die dann ihrerseits wiederum prügeln. Man könnte zwar glauben, dass

Kinder, die verdroschen werden und wissen, wie weh das tut, selbst von sich aus niemand anderen schlagen wollen, aber das ist leider genau umgekehrt. Verdroschen zu werden macht Kinder so zornig, dass sie an anderen ihre Wut auslassen wollen. Mit dem Prügeln anfangen ist wie Feuer legen. Brennt es erst einmal, ist es nicht immer unter Kontrolle zu halten.

Darum machen verantwortungsvolle Eltern ihren Kindern stets energisch klar: »Prügel dich nicht mit anderen herum!« Und dahinter steckt die Weisheit: *Probleme löst man mit Worten, nicht mit Schlägen*. Sie wissen nur zu gut, dass heutzutage überall und viel zu viel geprügelt wird, und sie möchten auf keinen Fall, dass du dich daran auch noch beteiligst.

»Prügel dich nicht mit anderen herum!« ist ein ungeheuer wichtiger Punkt auf DER LISTE. Wie wichtig er ist, wird dir aber kaum einleuchten, wenn du oft ins Kino gehst oder viel fernsiehst.

In Filmen wird pausenlos geschlagen, geschossen, erstochen und ermordet. Wahrscheinlich siehst du pro Woche allein hundert Morde auf der Mattscheibe und das sind hundert Morde zu viel.

An dieser Stelle kannst du natürlich einwenden: »Die ganzen Schlägereien sind reines Theater, das ist doch nur Film und nicht die Wirklichkeit. Ist doch klar, dass der Kerl, der einen aufs Dach kriegt, gar nicht richtig geschlagen wird und dass das erschossene Mädchen in Wahrheit gar nicht tot ist. Die Kugeln sind nicht echt, das Blut genauso wenig und die Schreie pure Schauspielerei. Das kann ich schon unterscheiden und davon lass ich mich nicht anstecken. Im richtigen Leben würde ich so was nie tun.»

Davon bist du zwar überzeugt, aber einen Punkt darfst

du nicht unterschätzen: Nachdem du dir all die Schlägereien, Schießereien und Morde angeguckt hast, könnte es nämlich sein, dass eine innere Stimme dir zuflüstert: »Mensch, eigentlich ist es irgendwie doch Klasse, anderen einfach eins auf die Rübe zu geben und sie umzupusten. Wer das macht, ist stark, wird gefürchtet. Dann kommen andere erst gar nicht darauf, sich mit einem anzulegen.«
Bringt dich die Gewalt im Fernsehen tatsächlich auf solche Ideen, sitzt du bald in der Tinte. Von da an wirst du nämlich nicht mehr lange herumreden, wenn du auf jemanden sauer bist, sondern lieber gleich die Fäuste sprechen lassen. Und wenn du dich daran erst einmal gewöhnt hast, wirst du es immer wieder tun – und damit schließlich in Teufels Küche landen.

Hast du stattdessen aber verinnerlicht, dass Meinungsverschiedenheiten eher mit Diskutieren statt mit Schlägen bereinigt werden können, hast du eine der wichtigsten Lektionen des Lebens kapiert. Und was fast genauso wichtig ist: Du kannst vielen anderen Menschen, die das noch nicht begriffen haben, ein strahlendes Beispiel und Vorbild sein.

Also, gib dem Frieden eine Chance: Prügel dich nicht mit anderen!

SCHREIB NICHT AB!

Es führen viele Wege zum Betrug, aber nur einer zur Ehrlichkeit. Dein Leben wird sich wesentlich einfacher gestalten, wenn du aufrichtig bist, denn dann musst du nur diesen einen Weg kennen. Zu den größten Aufgaben deiner Eltern und Lehrer gehört, dir Ehrlichkeit einzuimpfen. Am besten gelingt ihnen das, wenn sie selbst ehrlich sind und dir somit ein gutes Beispiel vor Augen führen. Eine weitere Möglichkeit ist, dich zu ermahnen, bei Klassenarbeiten nicht von deiner Nachbarin abzuschreiben. Das Abschreiben bei Mitschülern gehört zu den ersten Betrügereien überhaupt, die Kinder lernen.

Entscheidest du dich jedoch dafür, die Laufbahn eines Schwindlers einzuschlagen, liegt eine Menge Arbeit vor dir. Zunächst musst du alle Arten des Betrügens erlernen. Dann musst du all die Lügen einstudieren, die du anderen auftischen kannst, wenn sie dich ertappt haben.

Letztendlich musst du vor allem schauen, wie du mit dir selbst und dem Wissen, ein kleiner, fieser Betrüger zu sein, zurechtkommst. Da hast du einiges vor dir. Wie gesagt, ehrlich zu sein ist leichter.
Es sprechen handfeste Gründe gegen das Mogeln, ganz unabhängig von der Tatsache, dass es ganz einfach schäbig ist. Der Allererste, den du betrügst, bist nämlich du selbst. Als ausgemachter Schwindler lernst du nie, wozu du im Alleingang fähig wärst, folglich bekommst du nie heraus, was du an dir verbessern könntest. Hinzu kommt: Kriegen andere mit, dass du gerne schummelst, werden sie dir ständig misstrauen. Ein Betrüger sollte sich unter seinesgleichen nach Freunden umsehen, denn ehrliche Leute wollen mit so jemandem nichts zu tun haben.
Reden deine Eltern dir ins Gewissen, nicht bei deiner Nachbarin abzuschreiben, wollen sie dir aber eine noch viel wichtigere Lektion beibringen: Du sollst andere nicht kopieren, weder ihre Kleidung noch ihre Idee, noch ihre Lebensweise. Wenn du andere nachahmst, wirst du nie herausfinden, was für dich selbst das Richtige ist. Kleidest du dich so, wie andere das tun, wirst du nie dahinter kommen, was dir wirklich am besten steht. Übernimmst du die Gedanken anderer, findest du nie heraus, wie du eigentlich selbst denkst. Hältst du dich aber an den Rat, nicht von anderen abzuschreiben, bist du auf dem besten Weg, den großen Sinn darin zu verstehen: *Finde deine eigene Persönlichkeit.*
Das Nachmachen anderer beginnt damit, dass du von ihren Klassenarbeiten abschreibst. Es ist nicht ganz leicht für dich, deinen eigenen Weg im Leben zu finden, doch wenn du andere nachahmst, machst du es dir noch schwerer. Mach dich also über die Klassenarbeit her, be-

antworte die Fragen (oder errate sie zumindest), aber tu es allein, und vergiss deine Nachbarin. So besonders gut ist die nämlich auch nicht.

ICH HOFFE, DU HAST SPÄTER AUCH MAL SO EIN KIND, WIE DU EINS BIST!

Deine Eltern haben dich gern. Sie wollen immer dein Bestes.
Aber manchmal treibst du sie zur Weißglut.
Wenn du aufmüpfig bist oder deine Hausaufgaben nicht machst oder dich einfach irgendwie danebenbenimmst, wird man dir diesen berühmten Spruch von DER LISTE um die Ohren knallen: »Ich hoffe, du hast später auch mal so ein Kind, wie du eins bist!«

Klar, deine Eltern wünschen dir in Wirklichkeit nicht, dass du irgendwann eine ungezogene, aufsässige Göre hast. Sie wollen damit aber ausdrücken: Müsstest du dich eines Tages mit einem Kind herumschlagen, das sich genauso aufführt wie du im Moment, würdest du kapieren, wie ihnen zumute ist, wenn du dich derart blöde verhältst.

Hättest du dir rechtzeitig ausgemalt, wie dein Benehmen auf deine Eltern wirken würde, hättest du dich vielleicht von vornherein zusammengerissen. Es ist nicht einfach, aber ungemein wichtig, die Dinge aus dem Blickwinkel deiner Eltern betrachten zu lernen. Und darum steckt diese große Bedeutung hinter ihrem Ausspruch: *Versuch, dich in andere hineinzuversetzen.*

Entwickelt man Mitgefühl, kann man aus seiner eigenen Haut heraus, sich in andere hineindenken und spüren, was in ihnen vorgeht. Mitgefühl ist etwas ganz Wesentliches – und die einfachste Möglichkeit, es zu schulen, ist, sich in deine Eltern hineinzuversetzen, weil sie dir näher stehen als sonst jemand.

Schaffst du es, mit deinen Eltern mitzuempfinden, gelingt dir das auch bei allen übrigen Menschen, und zwar im Guten wie im Schlechten. Du kannst dann zum Beispiel nachvollziehen, wie sich Obdachlose fühlen, auch wenn du selbst ein Zuhause hast; du kannst verstehen, was in Behinderten vorgeht, auch wenn du selbst völlig gesund bist; dir wird klar, wie es in jemandem aussieht, der fix und fertig ist, auch wenn es dir selbst gerade glänzend geht. Und du kannst natürlich auch an der Freude und am Spaß anderer teilhaben, wenn du mit ihnen fühlst. Du siehst, dir eröffnen sich ganz neue Wege und Aussichten, wenn du über deinen eigenen Horizont hinausblicken kannst. Bringen wir es auf einen Nenner: Die ganze Welt wird dir vertrauter!

HOPP, GIB OMA EINEN KUSS!

Niemand weiß vorherzusagen, ob du dich mit dem Altwerden schwer oder leicht tun wirst – fest steht nur eines: dass du älter wirst! Und wenn du irgendwann einmal Oma oder Opa geworden bist, wird es wenig geben, das dich derart zum Strahlen bringt wie ein Kuss deiner Enkel. Bekommst du aber keinen Kuss, wirst du dir überflüssig vorkommen. Darum werden deine Eltern einschreiten, wenn ihr Oma und Opa besucht und du nicht gleich zu ihnen hinrennst und ihnen einen Kuss auf die Backe drückst. Sie werden dich anstupsen und sagen: »Hopp, gib Oma (oder Opa) einen Kuss!«

Es mag sein, dass du nicht so wahnsinnig begeistert davon bist, deine Großeltern zu küssen, weil sie Runzeln haben und dir das irgendwie komisch und fremd vorkommt. Dann solltest du aber daran denken, dass deine eigene Haut jetzt zwar noch glatt ist, aber nicht immer so bleiben wird. Die verändert sich beim Älterwerden zwangsläufig. Deine Mutter versucht zwar vermutlich, einige Fältchen in ihrem Gesicht mit Creme und Puder zu übertünchen, aber ganz loswerden kann sie die auch nicht. So wie deine Haut kann ihre nicht mehr werden, da hilft kein Mittel.

Warum wir überhaupt Runzeln im Alter bekommen, hängt damit zusammen, dass zwar unser Körper etwas schrumpft, wenn wir älter werden, nicht aber unsere Haut. Das heißt im Grunde, wir besitzen von Natur aus mehr Haut als eigentlich nötig, und wenn wir altern, sammelt sich die überzählige Haut sozusagen in kleinen Häufchen an – und das sind dann die Runzeln.

Ich muss ganz ehrlich sagen, dass ich Runzeln fabelhaft finde. Sie geben Auskunft über ein Gesicht, zeigen unverblümt, wie jemand wirklich gelebt hat. War ein Mensch sehr oft fröhlich, kann man das an seinen Lachfalten erkennen. Hat er dagegen die meiste Zeit mürrisch aus der Wäsche geschaut, wird man das an seinen Stirnfalten ablesen. Lachfalten gehören übrigens zum Schönsten, was ein Gesicht aufweisen kann. Es spricht also rein gar nichts dagegen, bei der Begrüßung zu deinen Großeltern zu laufen und ihnen einen dicken Kuss zu verpassen. Sieh die Dinge doch einmal ganz folgerichtig: Deinen Großeltern ist es zu verdanken, dass deine Eltern auf der Welt sind, und deinen Eltern wiederum, dass du lebst. Umarmst und küsst du daher deine Großeltern, bedankst du dich bei ihnen dafür, dass es dich gibt.

Fordern deine Eltern dich auf, das zu tun, wollen sie dich auch dazu anhalten: *Man muss Respekt vor dem Alter haben*. Wir leben in einer Zeit, in der viele Leute denken, alles Neue sei gut und alles Alte schlecht. Das führt dazu, dass manche älteren Leute glauben, sie seien nicht mehr wichtig und zu nichts mehr nütze. Ein Kuss von dir ruft deinen Großeltern aber in Erinnerung, dass sie nach wie vor gemocht werden und dir noch immer etwas bedeuten.

Halt dir auch einmal vor Augen, dass alte Leute eine lange Zeit gelebt haben und dass es nicht gerade wenig im Leben gibt, das zu erlernen viel Zeit kostet. Junge Menschen mögen zwar flink und geschickt sein, aber alte Menschen sind bedacht und weise. Und das sind unschätzbare Vorteile gegenüber der Jugend. Als ich jung war, dachte ich auch nicht so, doch je älter ich werde, desto bewusster wird es mir.

Nun los, raff dich auf, gib Oma und Opa einen Kuss – und wenn sie gerade nicht in der Nähe sind, dann ruf sie an und sag ihnen etwas Nettes.

RUF AN, WENN DU ZU SPÄT KOMMST!

Es hat doch ganz ordentliche Vorteile, zu einer Familie zu gehören. Von deinen Eltern bekommst du alles, was du brauchst: Spielzeug, Kleidung, CDs, Tennisschläger, Turnschuhe und noch alles Mögliche mehr. Aber du bekommst auch etwas, das ungleich wichtiger als all diese Sachen ist, nämlich Sicherheit, Geborgenheit, Zuneigung.

Und was gibst du ihnen zurück? Wie revanchierst du dich für diese Gefühle, auf die es mehr ankommt als auf alles andere in der Welt? Schön, du räumst dein Zimmer auf, hilfst bei der Hausarbeit und bringst den Müll raus – aber reicht das schon? Das sind doch alles Selbstverständlichkeiten, mit denen du kaum beweisen kannst, dass du deine Eltern genauso gern hast wie sie dich. Aber bei ihnen anzurufen, wenn abzusehen ist, dass du später nach Hause kommen wirst – das ist ein Beweis, der zählt.

Mit dieser Nachricht gibst du ihnen zu verstehen, dass sie sich keine Sorgen zu machen brauchen, wenn du nicht zur angekündigten Zeit auf der Schwelle stehst. Machen wir uns allerdings nichts vor: Oft befolgst du diesen Befehl nicht nur, weil du deinen Eltern keinen Kummer machen willst, sondern weil sie sonst stinksauer auf dich wären und du befürchten müsstest, dass sie dir tüchtig Hausarrest aufbrummen würden, weil du sie so aufgeregt hast. Aus Angst vor Hausarrest sind Kinder ja plötzlich gerne bereit, alles Mögliche zu tun.
Die große Bedeutung, warum du dich daheim melden solltest, wenn es später wird, ist: *Was du tust, betrifft auch alle anderen, mit denen du zusammenlebst.* Rufst du deine Eltern an, zeigst du damit, dass du Teil der Familie bist, dass ihr alle zusammengehört. Dadurch beweist du, dass du auch dann in Gedanken bei ihnen bist,

wenn du dich mit deinen Freunden vergnügst. Du dankst damit auch deinen Eltern dafür, dass sie dir vertrauen, und zeigst ihnen, dass ihr Vertrauen in dich gerechtfertigt ist.

Hin und wieder kann es schwierig sein, an ein Telefon zu kommen, aber lass nicht locker und versuch es trotzdem: Deine Eltern werden vermutlich keinen Schlaf finden, ehe sie dich durch die Tür kommen hören. Das ist der Preis, den sie aus Sorge um dich zu zahlen bereit sind. Der Preis, den du zahlst, um sie von diesen Sorgen zu erlösen, sind die Münzen für das Telefon. Und die kannst du ganz bestimmt verschmerzen!

MAN KANN NICHT IMMER SO, WIE MAN MÖCHTE!

Reden wir mal von deinen besten Lehrern, und zwar nicht nur von denen an der Schule, sondern von sämtlichen Leuten, die dir jemals etwas Wichtiges beigebracht haben. Mit Sicherheit haben die alle etwas gemeinsam, nämlich dass sie sich an das, was sie dich gelehrt haben, auch selbst halten. Jemand, der dich davon überzeugt hat, wie sinnvoll das Lesen von Büchern ist, verschlingt selbst bestimmt massenhaft Bücher. Jemand, der dir geraten hat, gut zu Tieren zu sein, ist mit Sicherheit überaus tierlieb. Jemand, der dich ermutigt hat, ehrlich zu sein, ist sicher selbst aufrichtig. All diese guten Lehrer verbindet eines: Sie leben vor, was sie sagen.

Aber nicht immer.

Mitunter wirst du auf Lehrmeister treffen, die dir zwar was Vernünftiges beibringen, es selbst aber nicht schaffen, sich immer und hundertprozentig daran zu halten. Das ist einfach zu erklären: Niemand ist vollkommen. Weder du noch deine Eltern und deine übrigen Familienmitglieder – ganz und gar niemand! Selbst solche Leute, auf die du große Stücke hältst, tun gelegentlich das Falsche, obwohl sie wissen, was das Richtige wäre. Manchmal kannst du sie dabei sogar auf frischer Tat ertappen und wenn du dann ein kritisches Wort darüber verlierst, zucken sie vermutlich mit den Schultern und zitieren diesen Spruch von DER LISTE: »Man kann nicht immer so, wie man möchte.«

Die meisten Menschen versuchen zwar, stets ihr Bestes zu geben, aber das gelingt niemandem immer und jederzeit. Womöglich hat dir jemand erzählt, Rauchen sei schlecht für die Gesundheit – und dann erwischst du ihn mit einer Zigarette im Mund. Vielleicht hat dir jemand ans Herz gelegt, ehrlich zu sein – und dann ertappst du ihn beim Flunkern. Nun ja, dir werden immer wieder Leute begegnen, die anraten, man solle dies und jenes tun oder lassen, sich selbst daran aber nicht bedingungslos halten.

Aus der Lebensweisheit »Man kann nicht immer so, wie man möchte« lernst du also, dass niemand fehlerlos sein kann, sosehr er sich auch bemüht. Aber die große Bedeutung dahinter ist: *Auf die Lehre kommt es an, nicht auf den Lehrer*. Richtiges bleibt immer richtig, unabhängig davon, ob man es erreicht oder nicht. Etwas, das an sich gut ist, wird ja nicht dadurch schlechter, weil derjenige, der es verkündet, seinen eigenen Worten nicht nachkommt. Das »Richtige« ist eine Art Maßstab, an dem wir

messen, wie gut wir sind. Erfüllen wir die Ansprüche jedoch nicht, ist nicht der Maßstab daran schuld.
Wie alle Kinder wächst du mit der Vorstellung auf, dass deine Eltern vollkommen seien. Deshalb ist es für dich auch schwer zu verdauen, wenn dir eines Tages dämmert, dass dem nicht so ist. Rufst du dir aber die schlichte Wahrheit ins Gedächtnis, dass auch sie nur Menschen waren, bevor sie Eltern wurden, wirst du damit leichter fertig.
Ist dir an absoluter Perfektion gelegen, darfst du dich natürlich nur mit Maschinen abgeben. Kommt es dir aber mehr darauf an, jemanden um dich zu haben, mit dem du spielen, reden, lachen kannst, dann brauchst du Menschen – auch wenn sie leider nur unvollkommen sind.

WEIL ICH ES DIR SAGE!

Ich kann mir lebhaft vorstellen, dass es einen Ausspruch auf DER LISTE gibt, der dich so zornig macht wie kein anderer. Die Situation ist dir nur zu bekannt: Du willst etwas tun, doch deine Eltern sagen dir, dass du es nicht darfst. Dann fragst du »Warum?« und sie speisen dich mit irgendeiner läppischen Begründung ab. Also bohrst du nochmal nach: »Aber warum denn nur?« und sie kommen dir mit einer weiteren Antwort, die dir genauso wenig in den Kopf geht. Du gibst dich aber nicht geschlagen, sondern willst es jetzt endgültig wissen: »Warum, verflixt nochmal?!?« Daraufhin bekommst du etwas zu hören, was dich vollends zum Wahnsinn treibt. »Wenn du unbedingt einen Grund wissen willst, hier ist er: Weil ich es dir sage!«

Dann gehst du wutschnaubend aus dem Haus oder in dein Zimmer und grummelst so laut, dass es deine Eltern ganz bestimmt nicht überhören können: »Das ist kein Grund, das gilt nicht! Ihr seid so was von ungerecht!« Dazu sagen sie dann entweder gar nichts oder sie speisen dich mit folgenden Worten ab: »Gewöhn dich daran. Das Leben ist nun mal ungerecht.« Je nach Stimmungslage haben sie es vielleicht noch eine Nummer dicker parat und das klingt dann so: »Wenn du in deinen eigenen vier Wänden wohnst, kannst du machen, was du willst. Solange du aber deine Beine unter unseren Tisch streckst, tust du gefälligst, was man dir sagt.«
Für das, was ich jetzt vorhabe, wirst du mich für verrückt halten, aber ich werde es trotzdem versuchen. Ich möchte dir nämlich erklären, warum du dich mit diesem anscheinend so bescheuerten Spruch durchaus zufrieden geben kannst, warum du dich nicht darüber aufregen sollst – und warum ausgerechnet diese Worte zu den ersten gehören werden, mit denen du einmal deinen eigenen Kindern auf die Nerven fallen wirst.
Halten wir erst einmal fest: Wenn dir irgendjemand etwas sagt, geschieht das nie ohne Grund, sondern lässt sich erklären. Es ist allerdings nicht immer ganz einfach, eine gute Erklärung von einer schlechten zu unterscheiden. Raten dir etwa deine Eltern, die Herdplatte nicht anzufassen, und du fragst, warum, und sie antworten: »Weil sie heiß ist und du dich daran verbrennen würdest«, dann hast du zweifellos eine gute Begründung gehört. Erzählt dir jemand: »Mach schon, schluck die Pillen, das tun alle, und du willst ja wohl auch dazugehören«, dann hast du soeben einwandfrei eine Erklärung der idiotischeren Art vernommen.
So deutlich sind die Unterschiede aber nicht immer aus-

zumachen. Hinzu kommt, dass manche Leute, die dir eine gute Erklärung liefern, sich vielleicht nicht ganz so toll ausdrücken können und womöglich auch nicht besonders vertrauenerweckend aussehen, aber trotzdem Recht haben. Andererseits kannst du Leute treffen, die chic daherkommen und flotte Sprüche klopfen, aber dennoch nur ganz windige Erklärungen auf Lager haben.

Du solltest dich also erst einmal fragen, ob du demjenigen vertraust, der dir so etwas erzählt. Wenn du dich auf jemanden verlässt, dann doch wohl deshalb, weil diese Person bereits in der Vergangenheit unter Beweis gestellt hat, dass sie dir helfen möchte und nichts täte, was für dich von Nachteil wäre. Hörst du von so jemandem eine Erklärung, ist es wahrscheinlich auch eine gute.

Doch auch jene Leute, die es gut mit dir meinen, können dir manchmal keine hinreichende Begründung dafür liefern, warum du etwas tun oder lassen sollst. Vielleicht ist die Erklärung zu lang oder zu kompliziert, womöglich könnte sie dich auch erschrecken, oder sie hat mit etwas zu tun, das du eigentlich noch nicht wissen solltest, weil du zu jung bist, um es zu verstehen. Darum verschleiern sie den wahren Grund hinter den etwas einfallslos klingenden Worten: »Tu (oder lass) es – weil ich es dir sage!« Was sie damit aber tatsächlich zum Ausdruck bringen wollen, ist: »Vertrau mir einfach. Ich kann es dir nicht erklären, weil du es nicht begreifen würdest. Eines Tages wirst du verstehen, warum ich jetzt nicht anders kann.« Und das ist demnach der große Sinn dieser Aussage: *Den Menschen, die man wirklich gern hat, muss man voll und ganz vertrauen.*

Es ist etwas Großartiges, jemandem Vertrauen schenken zu können. Und wenn dich eine Vertrauensperson mit einem »Weil ich es dir sage« vertröstet, solltest du das eben schlucken und dich zumindest fürs Erste damit abfinden. Irgendwann wirst du selbst den Grund dafür herausfinden – und dann wirst du mit Sicherheit vollstes Verständnis für diese Worte aufbringen.

AB INS BETT!

Für irgendetwas ist im Leben immer die rechte Zeit gekommen. Ob zum Säen und Ernten, zum Lachen und Weinen, zum Wegwerfen von Altem und Kaufen von Neuem – für alles gibt es eine bestimmte Zeit. Es gibt eine Zeit, in der du die ganze Welt umarmen könntest, und eine, in der dir alles auf den Wecker fällt; es gibt eine Zeit fürs Arbeiten und eine fürs Vergnügen; es gibt eine Zeit zum Herumtollen und eine zum Stillsitzen; es gibt eine Zeit zum Aufstehen – und eine zum Schlafengehen!
Um im Leben auf der Erfolgsleiter nach oben steigen zu können, muss man abschätzen können, wann jeweils wofür die richtige Stunde gekommen ist. Ist man dazu in der Lage, muss man sich allerdings auch noch genau danach richten.

Was man dazu benötigt, ist Disziplin. Bringst du die nötige Selbstbeherrschung auf, kannst du dich bremsen, etwas zu machen, was du zwar gerne tätest, für das aber jetzt gerade nicht der richtige Moment ist. Umgekehrt gilt dasselbe: Dank deiner Selbstbeherrschung kannst du dich dazu aufraffen, das zu tun, was du im Grunde nicht willst, für das aber genau jetzt der richtige Augenblick gekommen ist.
Wenn deine Eltern dich ins Bett schicken, geht es ihnen natürlich darum, dass du genügend Schlaf bekommst, um nicht am nächsten Tag in der Schule einzupennen. Außerdem bringen sie dir damit aber auch noch bei: *Du musst Disziplin lernen!* Disziplin kann man mit einer inneren Alarmanlage vergleichen, die genau dann ertönt, wenn die richtige Zeit gekommen ist, etwas zu tun oder zu lassen.

Alle Leute, die Beachtliches zustande bringen, verfügen über ein hohes Maß an Selbstbeherrschung. Sie haben gelernt, den geeigneten Zeitpunkt abzuwarten, um etwas zu tun. Sie haben begriffen, dass man manchmal mit etwas aufhören muss und es erst später fortsetzen kann. Ihnen ist klar geworden, dass es mit dem bloßen Wollen, etwas zu tun, nicht getan ist – es muss auch der günstige Augenblick dazu gekommen sein. Menschen, die im Leben wirklich etwas erreichen, sind in der Regel auch jene, die nicht dann ins Bett gehen, wenn sie Lust dazu haben, sondern dann, wenn es dafür Zeit ist.

Das heißt nun aber nicht, dass du dir alles verkneifen musst, was Spaß macht, im Gegenteil – wie erwähnt, kommt ja für alles die richtige Zeit. Und im Zweifelsfall solltest du bei der Sache mit der Disziplin stets das Positive sehen. Du kannst dadurch nämlich lernen, »ja« zu dem zu sagen, was gut für dich ist. Beispiele gefällig?

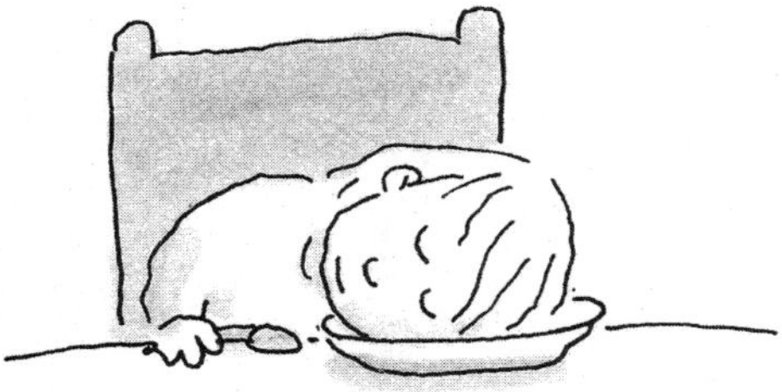

»Nein« sagen zum Fernsehen heißt »ja« sagen zum Bücherlesen; »nein« sagen zum Herumhampeln heißt »ja« sagen zum Lernen, »nein« sagen zum Spätaufstehen heißt »ja« sagen zum Schlafengehen – und damit zum Träumen von all dem, was du machen kannst, wenn du aufwachst und die rechte Zeit dafür gekommen ist!

SPRICH DEIN NACHTGEBET!

Bleiben wir beim Thema. Wie bereitest du dich aufs Schlafengehen vor?
Wäschst du dich gründlich oder haust du dich einfach so in die Falle? Putzt du dir gründlich die Zähne oder schrubbst du nur ein bisschen daran herum? Gruppierst du deine Stofftiere um dich oder rufst du deinen Hund, damit er sich neben dein Bett legt? Ganz egal, was du vor dem Einschlafen tust, eines solltest du nicht vergessen, und zwar in dich zu gehen und dein Nachtgebet zu sprechen.

Dabei spielt es keine Rolle, ob du gläubig bist oder nicht; in erster Linie kommt es nämlich darauf an, dass du ein paar Minuten findest, die dir ganz allein gehören und in denen du dich deinen Gedanken über den vergangenen und den nächsten Tag widmest. Das ist der Grund, warum »Sprich dein Nachtgebet!« auf DER LISTE steht: *Nimm dir Zeit zur Selbstbesinnung.*

Der beste Zeitpunkt dafür ist der vor dem Einschlafen. Du bist jetzt ruhig geworden, zappelst nicht herum und somit ist dies nun eine glänzende Gelegenheit zum Nachdenken.
Es sind hauptsächlich vier Dinge, die du dir durch den Kopf gehen lassen solltest.
Erstens: Wofür kannst du dankbar sein? Denk dabei an all das, was man nicht mit Geld kaufen kann: Gesundheit, Freude, deine Familie, die Leute, die du magst. Wenn du dir das vor Augen hältst, fällt zwangsläufig all das, was du nicht besitzt, auf einmal weniger ins Gewicht.
Zweitens: Was wünschst du dir für die kommende Zeit? Damit ist nun aber nicht etwa ein neues Fahrrad oder eine Stereoanlage gemeint, sondern es bedeutet, sich Gedanken über deine weiteren Ziele im Leben zu machen, gleichgültig ob für morgen, übermorgen oder die fernere Zukunft.
Drittens: Was hast du heute falsch gemacht? Jeder haut mal daneben, das ist nicht weiter schlimm; es kommt nur darauf an, daraus zu lernen. Wenn du das in aller Ruhe bedenkst, wird dir auch am ehesten ein Weg einfallen, wie sich die Dinge wieder zurechtbiegen lassen. Und daraus kannst du wiederum neuen Mut und Zuversicht schöpfen.
Viertens: Was ist dir heute besonders Tolles passiert? Vielleicht hast du einen wunderschönen Sonnenuntergang gesehen, vielleicht einen niedlichen Welpen oder ein Vogelnest mit Jungen darin. Wenn man mit offenen Augen durch die Welt geht, wissbegierig und aufgeschlossen ist, wird man täglich etwas entdecken, das einem besonders gut gefällt, das einen vielleicht sogar regelrecht umwirft. Eine solche Erinnerung ist ein idealer Abschluss

des Tages. Und mit dem Gedanken daran lässt es sich auch herrlich einschlafen.

ICH HAB DICH LIEB!

Natürlich haben deine Eltern nicht nur Sprüche auf Lager, mit denen sie dich nerven. Von ihnen hörst du auch viel Nettes, Aufmunterndes, Gutes – und das Beste von allem sind die Worte »Ich hab dich lieb!«.
Es ist doch so: Den Kindern, die solche Worte hören, geht es gut und sie entwickeln sich prächtig – Kinder, die

nicht in diesen Genuss kommen, fühlen sich dagegen mies und entpuppen sich später als unangenehme Zeitgenossen. Man braucht eben Menschen, die sich mehr um einen sorgen, als man das für sich selbst tut, und die einem sogar das geben, was sie sich selbst verweigern. Manchmal wunderst du dich wahrscheinlich, warum deine Eltern häufig sagen, dass sie dich lieb haben. Du weißt, dass sie es tun, und sie wissen, dass du das weißt. Warum muss man das also ständig wiederholen? Vergleichen wir das mal mit dem Lächeln. Du kommst so oft in Situationen, in denen du lächeln musst, hörst so oft Dinge, die dich zum Schmunzeln bringen, ob du willst oder nicht. Dagegen ist kein Kraut gewachsen; es passiert ganz einfach, sobald du etwas Lustiges erlebst.

Dasselbe ist es, wenn man »Ich hab dich lieb!« sagt. Man entdeckt immer wieder neue Seiten an den Personen, die man gern hat. Sie tun immer wieder etwas, das sie nie zuvor getan haben und das einem gut gefällt. Folglich gibt es auch immer wieder neue Gründe, seine Zuneigung zu ihnen zum Ausdruck zu bringen. Und dann kommt es eben vor, dass man gar nicht anders kann, als diese Worte zu sagen, weil sie förmlich aus einem heraussprudeln. Hat man jemanden wirklich gern, kann man das sowieso gar nicht oft genug erwähnen.

Letzten Endes hat es mit nichts anderem als der Liebe von Eltern zu ihren Kindern zu tun, dass DIE LISTE überhaupt je erfunden wurde. Genau aus diesem und keinem anderen Grund kritteln sie an dir herum, wenn du keine saubere Unterwäsche trägst, nicht den Müll rausbringst oder bei jemandem abschreibst.

Damit sagen sie, dass sie dich lieb haben. Also tu, wozu sie dich auffordern, denn wenn du das machst, sagst du ihnen dadurch auf deine Weise dasselbe.

HIER IST NOCH PLATZ
FÜR DEINE EIGENE LISTE: